讓夢想起飛 讓意念跟隨

山居生活
心靈旅程 2024

我把自己交付給這座山,卻又想著離開去看世界,那種感覺就像和這座山談戀愛,內心糾葛、欲拒還迎、才下眉頭卻上心頭,說到底是我自己一廂情願。

陳似蓮 著

山居生活人物 推薦序

　　堅毅信念中帶著慈悲，引來更多關注，「花舞」歡呼，「山嵐」廣施甘露，布施人間愛，似蓮見證了真善美。似蓮的「山居生活」記錄現實，日日挑戰心志，造就不凡人生，令我動容，適此新書出版，樂為之序。

―― 黃南海 老師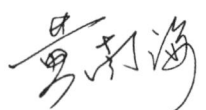

　　花舞山嵐，山上的芳鄰，也是另一個家。像家人一樣的莊主，如虎頭蘭般的美麗，允文允武不足以形容，如山中精靈般幾乎無所不能，由衷感佩。為什麼已無數次造訪，仍如此喜歡花舞山嵐，因為受莊主造林感動，因為有幸願當小露珠，因為喜歡身心靈被照顧的感覺。

―― 莊 老師 莊諾亞

　　「天地為廬，日月為燈」是似蓮給我的感覺，擁有一般人所不能，人生百年，與大自然相伴，遠離塵囂，雖遠亦近。今年花舞山嵐農莊所舉辦的花園音樂會，坐無虛席，讓大家更見識似蓮同學旋風一般的魅力，而那是她細緻為大家編織的一場美好歡聚時光。

―― 慧茹 同學

山居生活人物推薦序

　　似蓮的努力讓這片土地從一片檳榔林變為充滿生機的家園，《山居生活》不只是似蓮的心血結晶，更是一封封來自山中的信，正寄給喜好山林的您。願每一位讀者透過這本書，感受到似蓮的熱情與堅持。願與更多人分享這份感動。

——————————————— 桂姐 謝雲桂

　　莊主是位文武雙全的女人，外表柔弱內心卻剛強，不管造林多麼艱苦她都挺過並成為努力奮鬥的養分，才有現在大家所看到的美麗莊園。她的山居生活充滿熱情和行動力，使我們相信生活可以過得很精采，也是值得我們細細品味的人生好書。

——————————————— 山居友人 楓栗之乙

　　花舞山嵐農莊是現代世外桃源，有愛心又美麗的莊主，她是花痴、樹痴，痴心痴情對待山裡的一切人事物，是我見過最堅毅不拔的女性。發大願的人注定要承受一切磨練，享受山中寂靜的孤獨，令人感動，心中敬佩不已。

——————————————— 宋師兄 宋淵宏

山居生活人物 推薦序

似蓮在種樹這件事上的執著與堅持，展現了無比的毅力，更有超越性別界限的勇氣，她用行動詮釋了熱愛這片土地，特別是這些年來，面對氣候變遷對地球帶來的巨大衝擊，種樹充分呼應了ESG（環境、社會、公司治理）的理念，其精神是這個時代最珍貴的典範。

———————————— 阿美族公主 林惠玲

如春日百花菲菲的芬芳，似夏炎鳴蜩嘒嘒的風情；若秋風蕭瑟暖陽的擁抱，像冬醍蒼松玉樹的真性。嶙峋的阿蓮娜，駕白駒，隨風歸去，又乘願再來；以汗水滋養土地，成就一片山林，駐足於花舞山嵐，流連於竹林之交，誠以忘言之契為之序。

———————————— 型男主廚 宋先武

閱讀花舞山嵐宛若阿里山一顆閃亮明珠，熠熠發光，莊主阿蓮娜是一個傳奇故事，十足撼動人心的堅毅忍者。每當走入花舞山嵐都有一份貪婪，想「偷」，偷一絲陽光、偷一縷山嵐、偷那份心靈靜謐；面對莊主，更有強烈想「偷」的貪婪，偷其愛樹的襟懷、偷其堅忍執著的毅力、偷其乘願而為的信念。推薦給您。

———————————— 輝哥 高志輝

山居生活人物推薦序

　　因緣使然，從一片檳榔園開始，到現今的花舞山嵐。從有變無、又從無變有，如同莊主人生，曾經擁有到失去，跌落谷底卻又逢春，無畏無懼的過程，從一花一木到一遍林，相信是她的願力有所感召，應運而生。

——————————————————————— 大嫂　賴凤美

　　崇拜莊主能堅持自己的選擇，勇敢地為種樹夢想付諸行動，真的是拋頭顱灑熱血。常在隙頂山居與花舞山嵐山莊穿梭，和莊主有山林的心靈交集，也見證了花舞山嵐每個角落每一次的改變。

——————————————————————— 賴老師　賴品真

　　6年前在我人生重新出發時，巧遇莊主而後獲得這份工作，深感榮幸！我將其視為使命，並用天賦將農莊的美，化作書籍與圖像。見莊主13年前砍除檳榔林後隨即造林，與現今對照，深感佩服莊主「願力」無窮。願讀此書的您，一同在書中找到屬於自己的勇氣與願力。

——————————————————————— 小史　史益宣

排予依交作業順序

前言

從一片檳榔林到一座花園，從一棵樹到種下上萬棵樹（苗），打造私有林，走入第十三個年頭，衣帶漸寬終不悔，為了要在這裡守護這片樹林，需要營生，而將「花舞山嵐農莊」大門打開，同時開啟了人生下半場。

42歲(2011)開始走進山林，與花為舞，48歲(2017)歷經人生無常，失去伴侶、斷了經濟、正值花季、趕碩論、更年期悄悄伴隨而來，身心靈狀態來到人生最慘的階段，當揪著心孤獨地開車摸黑送貨下山、上山那刻起，我知道我的人生變了，從此我只有自己和一塊地，正當我坐在門前無助看著眼前一大片檳榔林，只能望山興嘆，真希望能痛哭一場，卻一滴眼淚都沒有，都說大悲無淚，或許吧！多希望能瀟灑地把它賣掉，但賣掉後呢？我什麼都不是，我的人生難道就此劃下休止符嗎？不願意人生走到半百卻是一無所有，我想，此時，能成就我的只有「花舞山嵐」，也只有我能成就「花舞山嵐」，相信這個花園失去我將會回到一片荒煙蔓草，然後待價而沽，如同我失去這個花園將一事無成，然後行將入木。於是，我重新思考人生意義，並且有了目標，我發了一個大願在這片土地上－造林。要將我所屬的四甲土地全部還地於林，此時，我的人生下半場正式啟動。

大自然是一帖良藥，若不是走進山林，在人生谷底時我心中可能會有恨，恨為什麼把我一個人丟在這裡？恨上天對我的不公，但每每獨自站在這片土地上時，只有平靜與愛，是山林在告訴我，

前言

　　如果有恨，我的人生就完了，會從此過著怨天尤人的生活形同槁木。我想有一種意念是回歸大自然時自然會浮現，在都市生活大半輩子的我，站在這片土地上，猶如昨日種種譬如昨日死，今日種種譬如今日生，對於農事一竅不通，種樹是我唯一想到能為土地、為地球所作的事，50 歲之前的我不知道「種樹」是什麼，50 歲後站上山坡種下上千棵樹苗，才真正懂得了「種樹」，從不懂樹到種下上萬棵樹，成了這輩子的驕傲，年過半百，本該是輕鬆走人生下半場，而我卻選擇了一條極具挑戰的路，此時的我對於人生未來的路有了新思維，「做一件長遠且有意義的事，然後勇往直前。」這樣的一個意念竟帶領我走進未知的領域，從此開啟從未想過的人生。

　　2019 年三月，期許自己要完成造林區三千棵樹苗栽種，那年的三月畢生難忘，是我這輩子最值得拿來說嘴的故事。那年三月，天氣像三溫暖，大熱天、大雨天、濃霧天都給遇上了，成天灰頭土臉、精疲力竭，吃飯都會打瞌睡，那時海明威《老人與海》的故事經常浮現腦海，面對天候的無情，經常癱坐在地上，不禁想，大自然的無情是為了考驗人性脆弱的一面，不是嗎？而我希望能戰勝脆弱－三月底前將我所屬的山坡地全面種植完成。有時候不懂自己，就像不懂那老人在大海中一片孤舟，卻用盡生命力量緊拉著釣魚線不放……我們在堅持什麼？卻終究沒有放手。在山面前我顯得那麼渺小，哪來的力量種下諾大一片樹苗呢？我一直都知道那不是我的能力，是大自然所賦與的能力，有一股力量支撐

著我，相信是願力的啟動，會有超乎自覺能力產生，是不可思不可議，竟比預期提前完成，那種如釋重負，不自覺嘴角上揚，心境是前所未有的美妙，從此我的人生因為造林有了轉變，愈發自在，相信是大自然的賦與，生命才能如此自在。之後，還幫鄰居種下百株櫻花林，也是我人生當中意想不到的事，人生上半場的我不會種樹，下半場的我竟造了一片森林，還有能力再幫人造一片林，是上天給我的恩賜。

走進山林後，人生有了很多的第一次，我喜歡花，但其實不會種花，卻在 42 歲時買下 2 萬盆虎頭蘭，始料未及，從此開啟不一樣的人生。為了種花，於是買了一塊地，地上滿是檳榔樹，四甲的檳榔林，於是開始披荊斬棘開墾，貸款也在所不惜，接著，我從不會種樹到種下上萬棵樹，常常回頭想當時的自己因為一無所有，行到水窮處，唯有發大願才能將生命從谷底拉回，造林是腦海一閃而過的念頭，沒多想，造林後才知道接下來的撫育成林才是花錢的開始，尤其不是經濟林，完全沒有產值外還要賺錢養它；不僅如此，以我一個外地女性要在山區立足，並沒有想像中容易，中間歷經被村人圍堵切斷水源，只能自己挖水源引水出來；也曾歷經小混混找碴和無賴的侵佔，以及天災的財損，還有被蜂螫嚴重到昏厥，從山坡滾下來種種……這些對我來說都不容易，但我相信是做利於大地的事，自然，有自然會幫你，一開始我以為撐不過兩年，沒想到我撐過了三年、四年、五年，今年邁入第七年，我依然不知道未來能撐幾年？但，打心底知道老天從來沒

有虧待我，每當我陷入困頓的時候，祂總是告訴我，可以離去，去過想要的生活，祂一直讓我有所選擇，隨時可以離去、可以留下，不論離去或留下，祂都讓我無後顧之憂，也因爲如此，我更無畏無懼選擇留下，唯有留下才不辜負老天對我的厚愛。

當然，過程中得到許多人支持、愛護，哪怕是一杯咖啡的錢、一本書的收入、演講我的生命歷程，對我都是很大的鼓勵，讓我的生命因爲有樹的等待而努力每一天，最終我能如此自在在這片土地上，充份感受到大自然與土地是我賴以生存的環境，人與自然、自然與土地、土地與人形成一個圓，是善的循環，這三者中間蘊含著愛，因爲有愛，自然能生生不息，土地才能涵養孳生萬物，而種樹是我對地球最大的愛與回饋。

我以爲種樹回饋給地球，其實樹回饋給我們的更多，乘涼、美麗、淨化空氣、散發氣息、降低溫度、療癒身心靈，都不是金錢能衡量，樹木給人類的好處超乎想像。大自然的療癒很神奇，不像吃藥，立竿見影，而是經過時間累積後，猛一回頭發現自己擁有了原先所沒有的能力，我在人生最低潮時候（四十八歲）決定長住在山裡，那是一個很大決定，原想放逐自己，沉潛生命，沒想到，大地垂憐，反倒給了我不一樣的人生，讓我的人生精彩可期，並意外成了「作家」，我將 13 年的山居生活完整記錄，前後寫成五本書，還在進行中，我會持續紀錄日常，每年出一本「山居生活」，當我不論何時回頭看過去，都知道我的人生沒有白白走過。

我還在山林辦了人生第一場音樂會，我是標準的音痴，嚴重程度到自己都不知道唱歌走音了，簡譜也看不懂，但我想如果人生最終只剩下回憶，那麼何不讓回憶充滿美麗，於是在 50 歲那年夏天，付不出任何費用的情況下，卻集合了身邊音樂人以及姐妹淘在花舞山嵐裡鬧一場生命樂章，每個人都情義相挺，不辭千里遠道而來，那種力量足以撼動山林萬物，那天往前往後都下雨多日，就那天放晴，你說，天地沒有在期待這場音樂會嗎？多美妙啊！從此得到這片土地的護祐。又在今年 11 月為黃南海老師辦一場募款音樂會，黃老師已 85 歲，仍孜孜不倦指導盲人學生唱歌，帶領盲人走出一片天，深感黃老師大愛，小妹義不容辭在花舞山嵐農莊辦一場花園音樂會，將票券所得全數捐給黃老師所帶領的「台南市愛樂視障合唱團」。

很難想像在此之前我對花與樹是如此陌生，現在花與樹竟佔據了我全部的生活，花讓我義無反顧，返樸歸真，樹則讓我奮不顧身，留在山上，生活在大自然裡很自然地生命便與自然融合，我感受到大自然給予我的不只是精神層面，還有心靈層面，大自然的療癒超乎想像，這七年，是我人生很大一個轉折，從失去自己再找回自己，更自在自性的自己。隨著時間，樹愈大，工作愈多，但能作的有限，太多的有限，有限的時間、有限的體力、有限的人力、有限的金錢……每天在有限中發揮無限精神，我思考，是未來引領我？還是我創造未來？我想是前者吧！這條路若不是未來那股強大力量引領，我走不動，憑我一己之力，根本不可能創造出一片森林。

前言

　　此生若不是走進山林，不會發大願造林，在此同時，大自然亦給了我最大的勇氣與力量支撐，讓我在孤獨中找到生命意義，相較於樹的生命，人的生命太短暫了，但我相信，現在種下的每一棵樹都是為了200年後回首，我依然站這裡環顧這片山林，那時已樹高參天，為了再回到這裡，我寫下〈乘願〉。

我願乘願再來，
只為那
虛空有盡，我願無窮。
只為那
娑婆世界寫下美麗註解。
只為那
空谷花舞山嵐乘願而來。

山居生活—心靈旅程

篇 章

山居生活人物推薦序	4
前言	8

一月

0103 星期三 晴　使性子	26
0104 星期四 晴　紀錄保持人	26
0106 星期六 晴　世道炎涼	27
0107 星期日 晴　表弟	28
0109 星期二 晴　五味雜陳	29
0111 星期四 晴　佛渡有緣人	30
0112 星期五 晴　告狀	30
0113 星期六 晴　視野	31
0115 星期一 晴　人生無常	32
0116 星期二 晴　蛇皮拼圖	32
0118 星期四 晴　山居生活2023	32
0121 星期日 晴　最佳模特兒	33
0123 星期二 寒流　享受工作	33
0124 星期三 冷　倒數日子	34
0125 星期四 冷　眠月線	34
0126 星期五 晴　自來水	36
0128 星期日 晴　我的驕傲	36
0129 星期一 晴　花團錦簇	37
0130 星期二 晴　撿豆	37
0131 星期三 晴　大工程	38

二月

0201 星期四 晴　拼圖　　　　　　　　　　40
0203 星期六 晴　尊重　　　　　　　　　　40
0204 星期日 晴　潛水　　　　　　　　　　41
0206 星期二 晴　花季結束　　　　　　　　41
0207 星期三 晴　我的不足　　　　　　　　42
0208 星期四 一早大雨　餘音繚繞　　　　　42
0209 星期五（除夕）晴　誰來晚餐　　　　43
0210 星期六（初一）晴　忙活　　　　　　43
0214 星期三（初五）晴　假期結束　　　　44
0215 星期四 晴　燈會　　　　　　　　　　44
0219 星期一 晴　12 年　　　　　　　　　 45
0220 星期二 晴　阡插　　　　　　　　　　46
0223 星期五 晴　重量級博士　　　　　　　46
0229 星期四 晴　阿姨們　　　　　　　　　48

三月

0301 星期五 小雨/冷　櫻花林成績單　　　50
0302 星期六 間歇性小雨/冷　音樂會　　　 50
0303 星期日 晴　小混混　　　　　　　　　51
0306 星期三 晴　最後一面　　　　　　　　51
0310 星期日 陰　勞力士　　　　　　　　　52
0312 星期二 冷　英雄惜英雄　　　　　　　53
0315 星期五 晴　看房子　　　　　　　　　54
0317 星期日 涼爽　管家　　　　　　　　　54
0318 星期一 涼爽　花魂　　　　　　　　　55
0319 星期二 晴　還白馬王子一身白　　　　55
0320 星期三 晴　美景與哀悼　　　　　　　56

0324 星期日 晴　相思樹（一）	56
0325 星期一 晴　孤注一擲	58
0327 星期三 晴　月娘	59
0328 星期四 晴　時間的破洞	60
0329 星期五 晴　沒朋友	60
0330 星期六 晴　推薦序	61
0331 星期日 晴／入夜雨　庇蔭	61

四月

0402 星期二 晴　陀螺	64
0403 星期三 晴　大地震	64
0404 星期四（清明）晴　倒數計時	65
0405 星期五 晴　打包行囊	65
0406 星期六 台灣雨／印尼熱　心靈之旅	66
0407 星期日 很熱　第一杯咖啡	67
0408 星期一 很熱　禪修	69
0409 星期二 很熱　文化與教育	70
0410 星期三 很熱　過年	71
0411 星期四 很熱　台灣的姐姐	73
0412 星期五 很熱　瀑布	74
0413 星期六 很熱　伙食	75
0414 星期日 很熱　寫書	76
0415 星期一 很熱　驅魔師	77
0416 星期二 很熱　盤點	77
0417 星期三 很熱　西瓜哇再見	79
0418 星期四 熱　紀念品	80
0419 星期五（穀雨）涼爽　造林第六年	81
0420 星期日 熱　黃梅	82

0421 星期一 晴 屋裡安全　　　　　　　82
0423 星期二 晴 寶寶　　　　　　　　82
0424 星期三 雨 雨露均沾　　　　　　83
0425 星期四 雨/停電 告別過去　　　84
0426 星期五 毛毛雨 與森林共生　　　86
0427 星期六 間歇小雨 逆境　　　　　87
0428 星期日 雨 做自己　　　　　　　87
0430 星期二 晴 梢楠　　　　　　　　88

五月

0501 星期三 雨 打包　　　　　　　　90
0502 星期四 晴 伙食 火花　　　　　91
0503 星期五 涼爽 搭帳蓬　　　　　　91
0504 星期六 涼爽 小道消息　　　　　92
0505 星期日（立夏）陣雨 型男主廚　93
0507 星期二 晴 邊陲地帶　　　　　　95
0508 星期三 晴 紀念品　　　　　　　95
0509 星期四 晴 繪本封面　　　　　　96
0510 星期五 晴 螞蟻　　　　　　　　97
0511 星期六 晴 觀世音菩薩　　　　　97
0514 星期二 晴 就不會　　　　　　　98
0516 星期四 晴 叩別　　　　　　　　99
0518 星期六 午後小雨 擋子彈　　　100
0520 星期一（小滿）涼爽 人生相逢何必曾相識　101
0521 星期二 午後陣雨 公告休園　　101
0522 星期三 午後陣雨 謝謝「家」　102
0523 星期四 晴 貴賓室　　　　　　103
0524 星期六 越南熱 待房子如子　　104

0527 星期一 越南熱 與時俱進　　　　　　104
0529 星期三 越南熱/台灣雨 問題背後的問題　105
0530 星期四 越南熱/台灣雨 沒有紀錄的旅程　105
0531 星期五 涼爽 小毛驢衝出紅門　　　　106

六月

0601 星期六 涼爽 求婚　　　　　　　　　108
0602 星期日 傾盆大雨 全新視野的家　　　108
0603 星期一 涼爽 魚池苗圃　　　　　　　109
0604 星期二 午後陣雨 水費　　　　　　　110
0605 星期三（芒種）午後陣雨 一鍵刪除　　110
0606 星期四 雨 人生劇本　　　　　　　　110
0607 星期五 涼爽 蒼蠅大軍　　　　　　　111
0608 星期六 午後陣雨 山居生活(3) 跋　　112
0609 星期日 午後大雨 狂人　　　　　　　113
0611 星期二 雨 流浪　　　　　　　　　　114
0613 星期四 小雨 毛毛蟲　　　　　　　　115
0614 星期五 午後小陣雨 農用工具　　　　116
0615 星期六 晴 百密一疏　　　　　　　　117
0617 星期一 晴 老太婆　　　　　　　　　118
0619 星期三 午後暴雨 前擋玻璃　　　　　118
0620 星期四 熱/夜雨 不得不　　　　　　　119
0621 星期五（夏至）熱 流浪　　　　　　　120
0622 星期六 晴 相思樹（二）　　　　　　121
0624 星期一 熱/午後豪雨 哀悼貝殼　　　　121
0625 星期二 午後陣雨 修復　　　　　　　123
0627 星期四 白晴/晚雨 學如逆水行舟　　　124
0629 星期六 酷熱 打破缸　　　　　　　　125
0630 星期日 晴 自由自在　　　　　　　　126

七月

0701 星期一 酷熱 英文課	128
0702 星期二 晴朗 尋找幸福感	128
0704 星期四 午後小雨 活得辛苦	129
0707 星期日 午後陣雨 水泥椿	130
0708 星期一 午後豪大雨 午休	131
0709 星期二 傍晚雨 花園音樂會	131
0710 星期三 午後陣雨 寫作文	132
0711 星期三 午後陣雨 隙頂	133
0712 星期五 午後豪雨 插翅難飛	134
0713 星期六 午後陣雨 小巨人	134
0714 星期日 晴 甘願了嗎	135
0715 星期一 午後豪大雨 搗蛋	136
0716 星期二 午後豪大雨 愛樹	137
0717 星期三 午後陣雨 偷得浮生半日閒	137
0718 星期四 午後陣雨 歲月	138
0719 星期五 晴 採集	139
0720 星期六 晴 科工館	140
0721 星期日 午後小雨 螞蟻地毯	140
0723 星期二 晴 我的王國	141
0724 星期三 強颱 強颱	141
0725 星期四 狂風暴雨 樹傾倒與折斷	142
0726 星期五 狂風豪雨 借電	143
0727 星期六 涼爽 善後	145
0728 星期日 涼爽 幫忙善後	146
0729 星期一 午後陣雨 大王松與花旗木	148
0730 星期二 午後陣雨 幸災樂禍	149
0731 星期三 傍晚小雨 沒錢的富翁	149

八月

0801 星期四 傍晚大雨 暴力份子　　　152

0802 星期五 午後小雨 扣錢　　　152

0803 星期六 晴 包尿布　　　153

0804 星期日 入夜雨 心甘情願　　　154

0805 星期一 傍晚小雨 四人房地板　　　155

0806 星期二 午後豪雨 勢利　　　156

0807 星期三/立秋 午後小雨 刷存在感　　　157

0808 星期四 晴 眞善美　　　157

0810 星期六/七夕 晴 星光路跑　　　158

0811 星期日 傍晚豪大雨 放假　　　159

0812 星期一 傍晚大雨 幸運數字6　　　160

0813 星期二 午後陣雨 6號粉絲　　　161

0814 星期三 午後陣雨 餞行　　　161

0815 星期四 午後陣雨 陳姐　　　162

0816 星期五 雨 吃土　　　163

0818 星期日/中元節 傍晚大雨 匪夷所思　　　163

0819 星期一 午後陣雨 好兄弟　　　164

0820 星期二 午後小雨 地板大作戰　　　165

0821 星期三 午後陣雨 夜涼如水　　　166

0822 星期四/處暑 午後陣雨 危險的工作　　　166

0823 星期五 晴 紅包袋　　　167

0824 星期六 晴 流浪　　　167

0825 星期日 午後陣雨 初來乍到　　　168

0826 星期一 午後陣雨 新朋友　　　170

0827 星期二 午後陣雨 請求　　　171

0828 星期三 雨 發現感動　　　172

0829 星期四 晴 外國粉絲　　　173

0830 星期五 涼爽 生日蛋糕　　　　　　174

0831 星期六 雨 江湖少年老　　　　　　175

九月

0901 星期日 涼爽 瀑布健行　　　　　　178

0902 星期一 午後雨 松樹　　　　　　　179

0903 星期二 陰雨連綿 獨來獨往　　　　180

0904 星期三 傍晚小雨 吉普尼　　　　　180

0905 星期四 雨 賣笑　　　　　　　　　181

0906 星期五 晴時多雲偶陣雨 迎新送舊　182

0907 星期六／白露 毛毛雨 小景點　　　182

0908 星期日 涼爽／晚雨 驚嚇　　　　　183

0909 星期一 晴時多雲偶陣雨 安靜的一天　185

0910 星期二 涼爽 八點檔　　　　　　　186

0911 星期三 晴時多雲偶陣雨 領飯　　　187

0912 星期四 晴時多雲偶陣雨 瘟神　　　188

0913 星期五 晴時多雲偶陣雨 舟車勞頓　189

0914 星期六 晴 跳島　　　　　　　　　190

0915 星期日 晴 看到鬼　　　　　　　　191

0916 星期一 颱風 步步驚心　　　　　　191

0917 星期二／中秋節 颱風 外國的月亮　192

0918 星期三 涼爽 烏鴉　　　　　　　　192

0919 星期四 颱風過境 浪漫句點　　　　195

0920 星期五 雨 最後一夜　　　　　　　195

0921 星期六 涼爽 休養生息　　　　　　196

0922 星期日 大雨 美麗舒心　　　　　　196

0923 星期一 晴 話當年　　　　　　　　197

0924 星期二 晚上豪大雨 蚯瓣蘭　　　　197

21

0925 星期三 涼爽 風箏　　　　　　　　　　197
0926 星期四 晴 拔草　　　　　　　　　　198
0928 星期六 晴 教師節　　　　　　　　　199
0930 星期一 涼爽 車故障　　　　　　　　200

十月

1001 星期二 涼爽 颱風假　　　　　　　　202
1002 星期三 飄點小雨 八千萬　　　　　　202
1003 星期四 午後雨 三天颱風假　　　　　203
1004 星期五 涼爽 風塵僕僕　　　　　　　203
1005 星期六 午後陣雨 「無」的生活　　　204
1006 星期日 午後小雨 採訪　　　　　　　204
1007 星期一 午後小雨 收穫　　　　　　　205
1008 星期二（寒露）午後大雨 一舉殲滅　205
1009 星期三 午後陣雨 就診　　　　　　　206
1009 星期四 涼爽 音樂會宣傳　　　　　　207
1011 星期五 晴 不吃土　　　　　　　　　208
1013 星期日 晴 白馬王子回來了　　　　　208
1014 星期一 午後小雨 雲頂牡丹　　　　　209
1016 星期三 晴 南非小表姐　　　　　　　210
1017 星期四 晴 節目單　　　　　　　　　211
1019 星期六 晴 慶生　　　　　　　　　　211
1020 星期日 晴 友愛　　　　　　　　　　212
1021 星期一 晴 全力以赴　　　　　　　　212
1022 星期二 晴 台灣欒樹　　　　　　　　213
1023 星期三（霜降）晴 預支未來　　　　214
1025 星期五 晴 屋頂大作戰　　　　　　　214
1026 星期六 傍晚小雨 工作安排　　　　　215

22

1027 星期日 晴 且戰且走　　　　　　　217

1028 星期一 午後小雨 楊董　　　　　217

1029 星期一 雲霧繚繞 愜意生活　　　218

1030 星期三 晴 星爸爸　　　　　　　218

1031 星期四 狂風驟雨 狂風驟雨　　　219

十一月

1101 星期五 風雨 風、雨、太陽　　　222

1102 星期六 涼爽 賣笑　　　　　　　222

1103 星期日 晴 梅味　　　　　　　　223

1104 星期一 晴 靈魂的對話　　　　　223

1105 星期二 晴 退租　　　　　　　　224

1106 星期三 涼爽 付出　　　　　　　225

1108 星期五 涼爽 總動員　　　　　　225

1109 星期六 晴 謝幕　　　　　　　　225

1110 星期日 晴 一場遊戲一場夢　　　228

1111 星期一 晴 花園盛會　　　　　　229

1112 星期二 晴 歷劫歸來　　　　　　230

1113 星期三 晴 罰單　　　　　　　　230

1114 星期四 晴 大洗之日　　　　　　231

1116 星期六 早雨午晴 久旱逢甘霖　　232

1117 星期日 晴 時空膠囊　　　　　　232

1118 星期一 晴 粉刷　　　　　　　　233

1119 星期二 晴 我是總監　　　　　　233

1120 星期三 涼爽 謝謝捧場　　　　　234

1121 星期四 涼爽 藍柏　　　　　　　235

1122 星期五/小雪 涼爽 欣賞作品　　　236

1123 星期六 涼爽 森林不語　　　　　237

1124 星期日 晴　開車　　　　　　　　　237
1125 星期一 晴　蠶食鯨吞　　　　　　238
1126 星期二 晴　作醮　　　　　　　　238
1127 星期三 涼爽　推薦序　　　　　　240
1128 星期四 有點冷　我的菜市場　　　240

十二月

1201 星期日 涼爽　驚嚇破表　　　　　242
1202 星期一 晴　搖錢樹　　　　　　　243
1203 星期二 晴　祕境　　　　　　　　243
1204 星期三 晴　螃蟹　　　　　　　　244
1205 星期四 晴　冬天的色彩　　　　　244
1207 星期六 晴　森林美髮師　　　　　245
1208 星期日 晴　遠離非洲　　　　　　245
1209 星期一 晴　17 坪森林　　　　　　246
1212 星期四 晴　接力　　　　　　　　247
1214 星期六 晴　老朋友歷久彌新　　　247
1216 星期一 晴　分手價　　　　　　　248
1217 星期二 晴　春玉閣　　　　　　　248
1218 星期三 晴　副班代　　　　　　　249
1222 星期日 晴　喝喜酒　　　　　　　250
1223 星期一 午雨　終於冷了　　　　　250
1225 星期三 晴　感冒　　　　　　　　251
1226 星期四 晴　鋪天蓋地　　　　　　251
1228 星期六 雲霧繚繞　造反　　　　　252
1229 星期日 晴　卡拉 OK　　　　　　　253
1231 星期二 晴　告別 2024　　　　　　253

2024 花園大記事　　　　　　　　　254

一 月

面對大自然的巨人，當下我們一群人在斷崖邊上顯得好渺小、好渺小，不由得心生敬畏。

一月

0103 星期三 晴
使性子

　　昨天小貨車沒電了,拿電瓶去充電,順便跟老闆借了個備用電池回來,老闆千交代萬交代,借回去的備用電池正負極與我原先的相反,安裝的時候要特別注意!!若裝錯就掛了⋯⋯一回來,便將電池交給工人,什麼都沒說,一回頭,工人說:「沒有用。」我驚覺會不會裝反了?!但工人說他知道,他的知道就我所知是口頭禪,我心裡有不好的預感,中午,去將自己的電瓶取回裝上,依然不動,只好叫拖車了。

　　拖車司機一聽是到花舞山嵐,即說:「如果沒記錯,那輛小貨車我吊四次了!」是呀,我也沒辦法,小貨車經常要使性子。又問:「怎麼不白天叫車?晚上視線不佳。」這我也沒辦法,現在花季,白天兩個我都不夠用,連我都要使性子了,晚上還能偷點時間。

　　日子在忙中過,不覺又是新的一年,看著小毛驢在黑夜中駛出紅門,真覺得自己不容易呀!這些年,又是花、又是樹、又是客人、又是車子⋯⋯裡裡外外一個人打理,怎麼就不覺得累呢?關上紅門,拖著步伐回屋裡,真累了,熱水澡讓我舒緩不少,床,是此時最好的依靠,來睏。

0104 星期四 晴
紀錄保持人

　　早上,修配場來電,回覆小貨車應該是電瓶正負裝反的關係,燒了一條線,換掉就好,450元,為了這區區450元,搞得我人仰馬翻。

一月

　　來住過 40 次的王大哥與姐姐，加上這一趟就是 41 次（或許更多），若要再加上純粹來看看我或買花，恐怕要超過 50 趟了，這個紀錄肯定後無來者。

　　在我開業第二年即遇上世紀疫情，百業蕭條下關上大門那半年，他們夫婦成了我唯一客人，連下雨天都來，那一年我累計他們來的次數有 20 幾次，也是在那一年，他們影響了我，我開始每週回家看媽媽，自從我恢單後，有一段時間不愛回家，不知要用什麼面目走進家門見我的母親，明知道她擔心我，甚至要我搬回家與她同住，我卻被自己那卑微的自尊心給阻擋，如果一對不認識我的老夫婦都能持續每週來農莊散心並且看看我，為什麼我不能每週回家看看自己年邁的母親？於是我拿掉那可笑的自尊心，開始了每週回台中看媽媽的旅程，並且與她一起晚餐，一直到母親離世，沒有間斷，感謝老夫婦出現在我人生中的晦暗期給了我一道光明。

　　今早他們要回程前，我當面謝謝他們影響了我這件事，他們壓根兒沒想到背後有這麼一段故事，其實很早就想說謝謝，卻一直放在心裡，決定放到今天就好，在道謝中不小心哽咽了，與母親最後的 20 週約會成了我人生中美好回憶。

0106 星期六 晴
世道炎涼

　　昨天蘇老師帶一位朋友來，聊到我最近水不順的事，說著說著，遙望對山的彌陀禪寺，老師說，要不要去走走？說不定有靈感。

27

一到禪寺，遇到了我認識的常住師父，簡單扼要說了近日所發生的事，便問能否見見貴寺上人？如本住持，請上人開示。如本住持不在寺內，常住師父幫我留言了。我們三人告辭後，我回到花園繼續工作，沒多久，如本住持來電，說明天（意即今天）會有一位前代表來幫我協商。我驚訝如本住持的效率如此之快。

　　一早，這位前代表果然依約前來，我想他來之前是作過功課的，三言兩語，直接表明，別想共用水管，村長不會理我的，自己從源頭拉管線吧！花些錢，有自己的水路，簡單明瞭。是，我相信從源頭拉管線簡單明瞭，但為什麼不是大家都從源頭拉？為什麼只有我要花些錢？根本就是欺人太甚。又說，這個村子操縱在少數人手裡，也編派了我曾經竊水的罪行……見鬼了，什麼鬼話都說得出來，我單憑一己之力，要在這山區求生存談何容易？只道是世態炎涼啊！

0107 星期日 晴
表弟

　　中午「表弟」夫婦一群人來，表弟平均一年來一次，看看表姐的同學我，感覺很複雜的關係，說穿了，表弟不是真的表弟，而是何同學的表弟，但我與何同學情同姐妹，因此我也稱他為表弟，表弟比親表弟還常來，也比親弟還常來，認識的時間超過 20 年，他的一群好友也跟著叫我「姐」，感覺很親切，過去受表弟幫忙不少，開業後也很支持我，肯定是「表弟」無誤啊！

一月

0109 星期二 晴
五味雜陳

今晚回台中和嘉義大哥晚餐，也是我第一次請客人朋友回家裡吃飯，他是朋友的朋友，老家就在山下，離農莊不太遠，我開業第一年，朋友帶他來花舞山嵐，從此他從了常客，在異地，我人生地不熟，連一個當地朋友都沒有，嘉義大哥成了那年來店第一名的客人，每次來就是吃個飯或喝個咖啡，幾句話，我當他就是「客人」，第二年，來的次數減少了，他開玩笑沒有蟬聯冠軍，我反而和他話較多了，第三年，我們比較像朋友，他會打電話問我「有飯吃嗎？」要來跟我蹭飯，也開始帶當地特色小吃來請我，我則回請咖啡，也在這一年我學會和客人當朋友，客人還是客人，但也是朋友，這幾年，託客人的福我變得比較圓融。

會請嘉義大哥來家裡吃飯是因為好一陣子沒他的消息，上個月傳訊息問候他，得知他肺腺癌四，人在台中治療，我聽了很難過，才意識到去年底，他將他的盆栽都帶來給我，說他不想種了，原來那時已檢查出惡性腫瘤。嘉義大哥總是樂觀開朗，有朋友來就往我農莊帶，我的活動從不缺席，有事請他幫忙也俠意相挺，疫情剛開始染疫還需要居隔的時候，我染疫，找不到人幫忙帶東西上來，是他，二話不說，帶來我所需，甚至同學坐車來，我走不開，都不知道幫我接人多少次了，對我的支持與愛護不言可喻，就我而言，他不只是客人，還是朋友，更是大哥，這頓飯就兩道菜卻吃得我們五味雜陳，他直問：「為什麼是他？」我沉默以對，空氣似乎凝結，好久好久，然後，語重心長對我說：「找個伴、好好照顧自己、回台中吧……」我依然沉默以對。

0111 星期四 晴
佛渡有緣人

　　終於知道什麼是「佛渡有緣人」了，上週受彌陀禪寺住持的幫忙，我人都還沒過去道謝，下午如本住持一群人就來了，一下車便先問我事情處理得如何了？我面有難色，老大說，如果錢方面有困難，他可以幫忙，叫我不要擔心。聽了真慚愧，我尚且沒有供養他們出家人，倒讓他們要出手幫我了。

　　與住持詳談整個事件來龍去脈，這件事恐怕不是錢能解決的，光要我從源頭拉起，距離約兩公里，這之間要經過多少關卡，要鑽地面、要沿山崖固定管線，萬一水堵住，我得巡兩公里，來來回回還不見得找得到原因，現在我自己的水源距離水塔也就100公尺，我三天兩頭都得要去清入水口，以防堵住，萬一仍不進水，那100公尺有時來來回回檢查都不禁要懷疑我的人生怎麼是靠山泉水維生？我謝過住持，表明放棄從源頭拉管線，一切如常吧！住持慈悲為懷，臨走前要我有事儘管開口，縱使他能力有限，也會幫我想辦法，突然，我感到一片佛光普照。

0112 星期五 晴
告狀

　　早上才收到選舉通知單，送單來的村人用閩南語說，你不是說不選，我們才沒送來的，幹嘛去告狀沒拿到通知單！我問了他三次「我跟誰說我不去投票？」他答不出來，又結結巴巴說：「自己來拿就好了，幹嘛告狀！」

　　我連要跟誰反應這件事都不知道，是昨天禪寺的師父們來訪，聊到在座的人都沒拿到投票通知單，其中一位師父馬上打電話查

 一月

詢，然後就演變成今天的「告狀」，說真的，如果真能告狀，我肯定要告御狀呀！

0113 星期六 晴
視野

　　一月四日受贈一台 P 牌 65 吋移動式聯網電視，贈送的莊老師說讓我下次分享故事時視野更寬廣，莊老師是補習班主任，在補教 20 幾年，這點令我敬佩，我也曾在補習班 10 幾年，最終成了逃兵，我深知能在補習班要超過 20 年，尤其同時兼任管理職與教職，抗壓性及熱忱都要相當高，我因為不再有熱情，而決定離開補教業。

　　就在這個月底，莊老師要退休了，所有補習班的生財器具她均慷慨分送給需要的人繼續傳承。除了 65 吋大螢幕電視，還送我好多很實用的東西，她對東西的愛護都呈現在物品上，每一件物品都保存良好，並且工工整整標上大大的購買日期及金額，我大呼這習慣能維持多年不容易，應該要好好學習。

　　沒想到才 9 天，65 吋電視就派上用場了，與之前 30 幾吋電視相較，視野果然好，臨場感效果極佳，有人甚至還能站在門外觀看，感覺連我的視野都寬廣了起來。

....

　　最近小院子人氣特別旺，上週是表弟一群 11 人中餐，今天是一群 15 人晚餐，我特別燃火爐，讓戶外的夜晚溫暖些，只是最近覺得手藝變差了，煮不出什麼令人驚豔的美食，尤其晚餐的客人是我因為開故事館所結識台中家附近的鄰居，她推薦公司所辦的旅遊，這餐自己覺得煮的不夠豐盛，怕是辜負主辦人的美意了。

山居生活—心靈旅程

0115 星期一 晴
人生無常

　　一早開車至高鐵站乘車至桃園,再轉計程車至殯儀館,參加何同學的姐姐告別式,年初,何大姐騎機車與大卡車一起停紅燈,一起於綠燈同時起步,卻從此天人永隔,聽聞惡耗很不捨,我與何同學情同姐妹,她姐如同吾姐,今日特地北上,送她最後一程,感慨人生無常,生命竟能如此稍縱即逝,正如同此時坐在高鐵上眼前窗外景像風馳電掣。

0116 星期二 晴
蛇皮拼圖

　　我的拼圖正製作中,工人阿山也拿了他今天的長條拼圖給我看,一長條蛇皮,斷成 6 截,拼好後約兩公尺,完整無缺,真有他的,特地撿回來放在地上,拼給我看,他對蛇完全沒有恐懼,反而是蛇要怕他,如果我有那麼一點點不怕蛇,應該要歸功給他,長久以來,他讓我習慣近距離看蛇,並且看他把玩蛇於股掌間。

0118 星期四 晴
山居生活 2023

　　山居生活 2023,封面、封底拍板定案。一樣是小史的作品,內容也將由小史操刀編排,我的得力助手,從第一本書到現今第五本書,從一開始的封面,到內頁的排版,他愈來愈得心應手。

　　出版山居生活 (1) 的時候,沒有想過我會出版山居生活 (2),現在出版山居生活 (3) 了,我想我應該會寫到山居生活 (10),剛好再八年,正是我想退休的時候,10 本套書外加 2 本前導書,留

待退休後回到都市慢慢品味,隨時隨地重溫山居生活。

看完 2023 山居生活,很精彩。

0121 星期日 晴
最佳模特兒

常常客人不小心就變成了朋友,一位導遊姐姐從我們共同的朋友手上得到了一個禮物,居然是她想要的款式包包,她先認識包包的品牌後才認識我,就在這個月 16 號,他們倆一起上山,我們像認識好久似的,無所不聊,今天她帶隊出遊,拍照給我看,說我的包漂亮、實用,非常符合她的需求,確實,背在她身上顯得特別亮眼,根本就是我包包的最佳模特兒。

朋友的朋友,後來也變成朋友,每年總要帶一群朋友來逛花園,吃吃喝喝,我趕緊一人送上一束花,自嘲彌補我手藝不精,大伙說我炸的薯條比麥當當好吃多了,怎麼會手藝不精呢?哈哈,我說這不用手藝,只須開大火就可以了。

0123 星期二 寒流
享受工作

一早細雨霏霏,加上寒流,五點從被窩起床根本是酷刑,工人想依往常一樣休息,這回我可沒準假,滿園的花待剪,他穿著雨衣在花田裡穿梭,我則在工作室裡燃起媒油爐,讓室內溫暖些,唯雙手不時要洗滌花朵幾乎要凍僵,幸福的是老天爺賞我一個全天候美景,雲海湧現在工作室四週,是工作也是享受。

山居生活—心靈旅程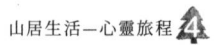

0124 星期三 冷
倒數日子

早上附近民宿老闆來買花，我問他要在山上住到什麼時候？再一次退休回市區生活去？會這麼問是因為他已經從公職退休，現在是陪老婆大人一起在山上做民宿，已70好幾，他回答：「沒這個打算，就一直住到行動不能自己吧！」之前山上大哥也是這麼回答，山上這麼美，為什麼要為退休而下山？才知道，原來只有我在倒數日子，等著回都市。

跟賴老師聊起這件事，她覺得我也有可能最後改變心意，而留在山上，畢竟是我全心全意一手打造的花園森林，應該會捨不得放下，但我很肯定跟她說：「不會，走入花舞山嵐是我人生下半場，我還有下下半場人生，我要去看世界、專心寫小說，將20年的山居歲月寫成一部小說。」我愛花舞山嵐，也愛自己，在該離開的時候離開，再成就一個自己。

0125 星期四 冷
眠月線

在這個阿里山頭混了12年，去過的景點真不多，所有您說得出來的知名景點幾乎沒去過，常覺得自己是山裡的都市人，喜歡看電影勝過於踏青，喜歡泡咖啡館勝過於上山下海，而阿里山眠月線卻是我起心動念很久，想去的地方。

就在我所處的阿里山中，其森林鐵路中有一段「眠月線」，聽說那是一座巨大的鐵路在森林中蜿延，依山形鑿洞而成壯闊的鐵路，誰會相信在短短9.2公里中，打造出24座橋樑和12座明隧道，造就出美麗的眠月線，可惜它的美麗我還來不及參與到，就

 一月

在 921 大地震時,一場突如其來的浩劫,將原本如仙境的森林鐵路如搗蒜般,震得柔腸寸斷,壯闊山河在一夕之間風雲變色,隨之就封閉,後來的 88 風災又再度嚴重損毀了明隧道,彷彿預告著,眠月線從此長眠於此,無能為力再對外展現風華,美麗與哀愁就此劃下句點。沉睡多年的眠月線,終於在 2022 年開放遊客徒步觀光,就這麼巧,導遊朋友今天帶團走我引領企盼的眠月線,遂與他們在阿里山半山腰會合,終於得以一窺眠月線風采。

踏上眠月線,首先映入眼簾的是一片高聳的竹林,徐徐的冷風穿越竹林而來,有點蕭瑟卻又令人著迷,彷彿有一股魔力牽引著腳步,愈往前愈觸目驚心,走上傾圮不堪的鐵道舊線,手撫著斷垣殘壁,腳踏上斷崖那一段路,只能用驚心動魄形容,不止是景象嚇人,還有天災的威力更是令人震攝,無法想像粗大鋼筋竟能赤裸裸扭結在眼前,整個山壁也被擊垮,不用任何器具,不費吹灰之力,是什麼樣的力量可以將鋼筋水泥輕而易舉揉捏?是大自然,面對大自然的巨人,當下我們一群人在斷崖邊上顯得好渺小、好渺小,不由得心生敬畏。

人類的生存環境脫離不了大自然,大自然給與人類絕大部份的生活所需,風、水、太陽都與能源脫離不了關係,便利了生活,要說是人類征服自然,抑是被自然所征服,個人覺得人類征服不了大自然,而自然從來都不會想征服人類,唯有虛心接受大自然的反撲,相信人與自然便能和諧共生,今天的眠月線之旅著實讓大自然給上了一課。

0126 星期五 晴
自來水

在投書公單位幾次關於「水資源分配不均」一事後,沒有得到善解以及地方人士協調不成,隨著自來水開通,我的「水事件」似乎也畫下休止符,事情絲毫沒有改變,一如往常,我依然花錢用自己的水源;村長依然沒有理睬我,他很清楚知道他如何利用職權罷凌村民(我);管線依然理所當然從我家大門堂而皇之走過,我沒有得到任何說明與補償,我問天:「理何在?」彷彿過去一連串的抗爭只是讓我更看清人性,利益(貪婪)永遠凌駕在上帝之上。

看著自來水錶終於轉動了,就像歷史性的一刻,感觸很深,5年來,為了水,多少次陷入無助的深淵,水在這片土地,就像我身體上的血液,至關重要,村人切斷我用水的同時也切斷我與這個村的橋梁,從此不再與村人往來,至於村人怎麼看我,無從得知,但知道或許我的冷漠讓村人也不再和我打招呼,水,讓我將自己孤立成一個島嶼了。

0128 星期日 晴
我的驕傲

客人臨走前特地來跟我打招呼,說,這是她露過最美的營區,一定要讓我知道;月初,賴老師帶朋友來,離開後,傳來訊息:「每次帶新朋友去花舞山嵐就覺得你是我的驕傲。」而我想說的是:「花舞山嵐是我的驕傲。」

賴師的朋友們任職大學教授,一致認為任公職的他們沒辦法像我這樣有魄力完成一座山林,而我不禁問,我是要慶幸還是懊

悔當年棄軍職？我短暫的軍旅，兩週便選擇退訓，若不退訓，現在我已經可以領終身俸，四處旅遊，也或許有一個安定的家，愛我和我愛的另一半，生兒育女，幸福美滿，我的人生會完全不一樣，因為不確定我這麼恣意而為走入山林是對的嗎？搞得現在自己孑然一身，賴師肯定的回答：「當然是慶幸。」是，軍中不差我一女官，但造林永遠少一人。

最近花佔據了我大部分的時間，但時間就像牙膏，擠一擠也就有了，於是擠出一天的時間給咖啡豆，今年的收成一大缸，幾百公斤有，不算多，一層一層脫到最後也就剩5分之1了，因為不是專門產咖啡豆的農莊，設備也就將就，用手搖機脫果皮，就像剉冰一樣，搖了整整一天的「剉冰」，工人說手臂快廢了，我完全能理解。

0129 星期一 晴
花團錦簇

不敢相信，我居然賣花第12年了，今年的花很爭氣，漂亮，也帶來訂單，而今年花圃裡的工作卻是我參與最少的一年，全仰賴工人，至於我在忙什麼？天曉得。

台中一家花店跟我訂300枝花，創了單店訂購歷史新高，人不親土親，終究是我的故鄉，這兩天為了準備300枝花，出動所有大簍子，在大簍子裡裝水後，將包裝好的花插入水中，待回台中時一併「出浴」，於是花房門前兩側排滿大簍子，充分感受到花團錦簇，蘭花夾道的繽紛。

0130 星期二 晴
撿豆

還好連著兩天大熱天，咖啡豆得以日曬，因為是野放的咖啡樹，被蟲蛀不少，讓工人挑了一天的豆，連一半都不到，天已經黑了，咖啡一點都不好玩，太費神、太費時間；我則昏天暗地理了一天的花，為了明天那 300 多枝要回鄉的虎頭蘭，入夜後依然挑燈夜戰。

0131 星期三 晴
大工程

一早小史從台中來，先將大門入口的指示牌更新，已經 6 年沒更換，帆布早已晦暗不明，突然有煥然一新的感覺，整個精神都來了；而今晚最大的工程就是將 47 箱花從山上載回台中，其中 35 箱是花店所訂，後來花店從 300 枝追加到 350 枝，而我實際則出到 385 枝，12 箱則是客訂禮盒，小史與我的車均塞滿了花箱子，名符其實的花車，一切就定位後已 8 點，出發。

整個路上我們膽顫心驚，車速都在 90，小史緊跟在我後頭，主要是箱子輕，我的車是後車斗式，雖已綑綁，但高速行使中，紙箱顯得飄飄然，一付要蹦出來的樣子，小史不放心，於是我們在途中下交流道再次檢查，這一下，居然沒有直接上的匝道，繞了好大一圈，回到台中已三更半夜，每年的花季等同睡眠不足的季節，一倒頭便不醒人事。

二月

我將自己無條件給山林 20 年,就像婚姻的誓言「無論順境或逆境,富有或貧窮,我將一直守護祢,我承諾對祢不離不棄,直到 20 年期滿。」

二月

0201 星期四 晴

拼圖

年前挑了幾款插畫作為拼圖，光是片數、大小、材質，信件與商家就不知往返多少次，好不容易今天終於拿到拼圖的成品，還是出錯了。很久沒拼圖的我，其實是不愛拼圖的我，為自己拼上一幅今年的代表作〈螺絲釘〉。原想在繪本出版後才陸續衍生週邊商品，但慢慢累積商品也無妨，至於繪本什麼時候出版？我也沒個準，只能說好酒沉甕底吧！

0203 星期六 晴

尊重

附近民宿主人來買花，順道說了，「有人」跟他說我這邊可以來採昭和草，自己進來就好，但他覺得應該跟我打聲招呼。我說，跟我打招呼是應該的，畢竟是私有地，擅自進來採摘就成竊盜了。

好幾年前一位朋友在附近私有地隨手採摘路邊的野生植物，地主是個混混，直接報警，說這位朋友偷竊，就這樣，友人被扣上一頂大帽子，最後經過協調，賠五千元了事；而這個「有人」擅自進出，在我的土地內圈養蜂行之有年，我睜隻眼閉隻眼，或許我該向混混學習逞兇鬥狠，甚至滅了那幾個蜂窩，但又不想牽連無辜（蜜蜂），這世道欺善怕惡，要在惡的面前昂頭只有「更惡」才能自保，但畢竟讀聖賢書無非就是抑惡揚善，道德的那把尺終究讓我守住善的底線。只是，這「有人」佔我便宜於不法就算了，居然還教別人，到底？

話說這位民宿主人，去年來訪，稱我是「以一當百」，這回，女主人仍說笑，他老公已經自認無所不能了，但看到我仍然要「肅然起敬」，敬我一介女子管這麼一大片，臉不紅氣不喘，我只道混混日子，不值得說嘴。

0204 星期日 晴
潛水

一群人來午餐，領隊來的是一位「潛水」粉絲，此潛水非彼潛水，而是在 fb 上潛水，據她自己說，她潛得很深，我的每一篇文章都看，但從不按讚，我一點都不訝異，很多粉絲都喜歡潛水，潛到深海，隱藏行蹤，我不認識他們，但他們卻認識我，而我的「山居生活」，寫了數年，人氣也就普普，點閱率始終低於水平面，不論浮出水面的多還是潛水的多，都不影響我繼續書寫，無論如何，都感謝默默支持著花舞山嵐與我的讀者。

0206 星期二 晴
花季結束

今年的花季在今天告一段落了，過去的一個月幾乎關在花房，每天像上戰場，忙得不可開交，而大熊連著兩年來幫我做最後衝刺，隨著年均溫提高，花綻放越來越慢，今年仍留有不少花在花園與我一起過年，尤其白花，往年都是打先鋒，今年難得多情，留下了，怕是想與我一起過年。

這週有不少客人來訪，與其說是客人，不如說是支持者，支持者就是樂見你的成長，包容你的不足，他們像啦啦隊一樣，三不五時就來走走，看看我，為我加油打氣，期望我愈來愈好，而今年花的買氣確實因為大家的支持顯得熱絡不少。

0207 星期三 晴
我的不足

這是我第二次與黃老師見面，第一次是去年底賴老師帶他們夫婦來認識我，經過數月，這次便相約來山上過夜，於是晚餐找來賴老師一起熱鬧，賴老師的親和力與搞笑總能炒熱一鍋子不認識的人，彌補我的不足，拉近大家的距離。

0208 星期四 一早大雨
餘音繚繞

半個月來的第一場大雨，聽聞雨聲，一早讓我在被窩多繾綣會兒，聆聽美的璇律，有一種放心。雨在旱季對大地而言就是甘霖，對我而言，那種「終於……」可以跟著大地鬆了一口氣是多麼地舒坦啊！雨，對我太重要了。而雨天，工人不上工，所以聽聞雨聲就可以多賴在被窩裡享受清晨的靜謐。

不久，雨停，夠了，謝謝老天。接著雲海湧入，85歲的音樂老師帶著視障學生在景觀台練唱，就像璇律一樣，雲海跟著樂音起起浮浮，餘音繚繞在山谷間，構成一幅美麗生動的畫。

視障學生從小即全盲，她總是靜靜地聽我們說著五顏六色的世界，顏色對她而言只能想像，她觸摸虎頭蘭，感受它的堅毅，按照花季慣例，客人在離開前都能得到我贈予的花，我想都沒想，也幫她準備了一份，不同的是，我多幫她準備一個花瓶，讓她回到家即能順利瓶插；花是我生活的一部份，我台中家常年長期都插著高貴的虎頭蘭，我卻不常在家，但我知道它一直都在，那是一種心靈上的陪伴，我相信，視障學生一定能感受到我所感受，哪怕她看不見，但她知道，姐姐送她的花如同生命每天綻放，在她的生活裡。

0209 星期五（除夕）晴
誰來晚餐

又到了一年一度除夕夜，誰來晚餐的日子，今天來晚餐的是我兄長一家人，今年是母親離世後的第一個過年，能與兄長一家人圍爐，我感到很幸福，彷彿母親的餘溫仍在。

很久沒有一群人要吃飯，有點忙，忙著準備豐盛的年夜飯。

0210 星期六（初一）晴
忙活

送走兄嫂，換姐姐一家人來走春，同時帶來她家的幫傭，好幫忙我過年的活兒。今年過年雖假期長，但我的客人集中在初一到初四，說忙也不忙，並且有八成都是熟客，熟客總能給我一種放鬆的感覺，不知道這是什麼心態？真奇怪呀！

0214 星期三（初五）晴
假期結束

　　每次假期結束都有一種謝幕的感覺，尤其是年假，天數多，今年過年天氣很溫暖，客人們多半可以在戶外用餐與活動，國中同學連著兩年選擇這兒家族聚會讓我感動，因為住其實是不方便的，四個小家庭，十幾個人，硬是分成女生宿舍與男生宿舍，擠了三天兩夜，其中一妹婿說：「因為選了這裡，他才毫不猶豫『報名參加』。」與他們一大家子因為去年見過，今年熟稔了，幾乎零距離，一見面第一句話就是「一年了」，是啊！老同學一家人的厚愛我銘感五內。

....

　　一位露友，說我自釀的梅汁太好喝了，連點了四壺，是很好喝，但真有這麼好喝嗎？一壺接著一壺，忍不住我自己也來一壺嚐嚐。

0215 星期四 晴
燈會

　　過年假期比較像我的閉關日，今年關了 10 天，下午偷閒去溜溜，朋友說要帶我去月津港看燈會，說真得，我一點都不愛看燈會，但接連三年朋友都說要「帶我去」看熱鬧，就怕我這個外地人不知道嘉義的燈會有多美似的，究其我不愛看的原因，是每次去看燈會都有一種寂寞湧上心頭，那種闔家歡樂的畫面比燈會的畫面更映入我眼簾。

0219 星期一 晴
12 年

　　12 年了，我走入山林今天滿 12 年了！朝第 13 年邁進。不知道該歡呼還是鬆了口氣？歡呼是不覺時間已經過半，鬆口氣是終於只剩下 8 年。

　　我將自己無條件給山林 20 年，就像婚姻的誓言「無論順境或逆境，富有或貧窮，我將一直守護祢，我承諾對祢不離不棄，直到 20 年期滿。」我非常期待那天到來，42 歲的我開始人生下半場，在山林間穿梭，無意中遇到了自在與我同行，我得以恣意人生；而後又撞到捨不？跌坐一地，我想我還有下下半場人生，我要去看世界，專心寫小說，起身抖落滿是塵埃，大聲說：「捨得呀！」不倦戀。

　　人生算算大概有四個 20 年，青春佔滿第一個 20 年，我把第二個 20 年給了愛情，山林給了我第三個最美麗的 20 年，而我將給自己最後一個 20 年去寫那最美麗的 20 年的故事，在世界的每一個角落。

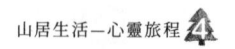

0220 星期二 晴
扦插

若按照往年，年後這週該是休假，多半會回台中休息，但我想接下來會出國幾趟，還是別休假了，於是很認份的待在農莊繼續工作。

水杉12年了，粗根不知不覺已竄出地面，將擺放在地面的花籃給抬起，思索再三，該逐漸將土地還給樹才是，於是今年又淘汰了一兩百盆蘭花，一早即將該區的抑草蓆掀起，讓樹根得以盡情伸展。

扦插一些不容易失敗的植物，主要是白雪木，去年買了一批比較小的植株（因為價格相對低）結果成效不佳，10株只存活一株，於是今年自己嚐試扦插，因為數量有點多，用我三腳貓的工夫，在水杉樹下做了一個簡易苗床，從剪枝、修枝、扦插，最後收工前灑水，與工人兩人用盡一個工作天才搞定，接下來就是期待每株都能發芽了。

0223 星期五 晴
重量級博士

一早來了兩位80幾歲博士，堪稱「重量級」貴賓，一位台語音樂專家—黃南海博士，一位台語文學大家—胡民祥博士。兩位大博士聽我看我的故事，打趣的說，我一年做的事，他們十年也做不完，別說十年，三十年也做不完。真是太抬舉我了。

有聞胡博士大名，於是斗膽邀胡博士幫我寫新書的推薦序，我名不見經傳，出版四本書從沒有知名人士幫我寫過推薦序，自己也汗顏開口，這次承蒙黃老師引見，讓我有機會邀請胡博士寫序，經我再三拜託，終於得到博士首肯，是我的榮幸；閒話家常同時，我則感佩黃老師仍孜孜不倦在帶領視障樂團四處演唱，便主動要為黃老師在年底辦一場募款音樂會，今天無意中敲定兩件事，真是奇妙的日子。

　　機車送修，必須用小貨車載回，老是麻煩別人也不是辦法，這兩天便一直醞釀要克服「不會開」的念頭，送走兩位博士後，決定鼓起勇氣開小貨車邁出大門，自己把機車接回來，終於，心理建設妥當，坐上車，出發了。雖然回程上坡熄火，果然害怕的事就是會發生──上坡起步，因為上不去就換檔，一換檔就熄火了，一起步就又熄火，還好後面沒車，我緊張的心在多次熄火、啟動、熄火、啟動後，也熄滅了。

　　其實，我帶阿山同行，他就坐在副駕駛座，我想非不得已不換他開，他看我一直熄火，也沒說要開，很乖！只見他雙手緊抓著門上扶手。開車出去這幾個小時的心情，感覺像極了歷險記，充滿冒險，卻有一種戰勝自己的喜悅。

0229 星期四 晴
阿姨們

　　阿姨今年又帶朋友們來玩，每次都是舊雨新知，自從有 65 吋大螢幕後，影片分享成了娛興節目，以前是要先「預約」才搬螢幕出來，現在是隨手一拉即可看，連阿姨都沒看過我的記錄影片，播放前不免要謝謝螢幕的原主人—莊老師，慷慨餽贈。其中我播放 2020 仲夏音樂會花絮影片，然後隨口說今年 11/9 將辦一場募款音樂會，沒想到，在座所有人馬上報名，感覺未演先轟動了。

　　這次阿姨們包車來，開車的小哥說，我是他看過第二個開皮卡的女生，第一個是 80 幾歲，我很訝異，80 幾？老太太？還開這麼大車？我 60 幾退休後就不想開車了，小哥說，老太太說，視野好。那倒是。

三月

我將它們的餘生看盡後,抓起「日落榮耀」帶走,這麼美的名字不該殞落在垃圾箱裡,再隨手抓了兩把花, 撫慰心碎的花魂。

三月

0301 星期五 小雨 / 冷
櫻花林成績單

一早去櫻花林整枝,看看三年的成績單,很欣慰,都長大了,也很健康,地主說,今年有開些許花了,但花還沒謝,葉子就出來了,我說,花一年會比一年多,現在還是幼年期,等樹齡較成熟,花多了,視覺上就不覺得葉子同時蹦出來。這其實是山櫻花的特性,花還沒完全凋謝,嫩葉就冒出。

0302 星期六 間歇性小雨 / 冷
音樂會

都不知道有多久沒有去聽音樂會了,因為沒有偏愛,昨晚衝著黃南海老師85感恩音樂會,沒有偏不偏愛的問題,就是「勇往直前」台南文化中心,坐下才半小時,就看到客人、工人來電近10通,這是很可怕的事,肯定有大事發生,我回以訊息得知,沒水!不可能沒水,水塔的水很滿,我知道我早上關了一個水閥,但還是匪夷所思,一整天都沒事,怎麼才翹班就有事了!還好只有一帳,人少相對反應聲音少,我在電話這頭指揮,電話那頭在水塔旁烏漆嘛黑,怎麼就是搞不定,於是中場休息時間即先行離開。

早上收到師母傳來訊息,說黃老師謝幕時還在舞台上特別召喚我,敢情是要讓我亮相(自己想的),眼神卻遍尋不著我,失禮於老師了。

0303 星期日 晴
小混混

　　出入口有一小塊地是一個小混混的,因為他叫我大姐,兩三年前,他說我用到他的出入口,所以我有一小塊緊鄰他地的檳榔給他收,算交換吧!我當然答應,眼前那塊山坡我心有餘而力不足外,加上對方是小混混,還不知該如何收復那塊地,只是,我心想,你怎麼不去收還有三戶從我大門大辣辣進來,也經過你那一小塊地,他們的檳榔更多,卻只有我要忍受你的混蛋。

　　我沒忘記我的大願「將我所屬的地,還地於林。」繼前年「收復」三分地後,就差這一兩分了,今天打電話給這小混混,說明檳榔你繼續收,我要同時種樹,沒想到,他居然爽快的回答:「大姐,檳榔樹你可以砍掉沒關係,該你的就是你的。」敢情他變好孩子了?但仍然沒忘他那一坪粘在我路口的地,說我「用到了」,是,我是用到了,只要進出的人都會用到,真希望他圍起來,不要再拿來說嘴,以前會顧慮萬一真圍起來,怎麼作生意?現在,我已經不怕他圍起來,大不了閉門謝客,因為無所畏懼,所以挑明著講:「如果你那一小塊地想圍起來就圍起來吧!我也不想佔你便宜。」心想,就看其它三戶人家放得過他嗎?我一己之力無以抗衡,只好借力使力,拭目以待。

0306 星期三 晴
最後一面

　　原定今天回台中是要與朋友一起和嘉義大哥晚餐,下午,大哥來電,他掛急診了,晚餐取消。我與朋友也久未碰面,討論了一下,決定去醫院看大哥,幫他打氣,沒想到急診室不給進,要等轉進普通病房,於是和朋友就在大廳聊天,一等就是兩個小時。

再見嘉義大哥，明顯病容，人憔悴不少，說話已吃力，我們不好太打擾，數分鐘後便先行離開，約好出院後再吃飯。

後記：沒想到，這竟是最後一次見嘉義大哥了。

0310 星期日 陰
勞力士

　　昨晚 11 點多露友來電，驚醒了睡夢中的我，這個時候來電，要嘛哪區還不乖乖睡覺，大聲嚷嚷吵別人；要嘛哪一家偷烤肉還沒熄火，煙跑到別人家去……最怕這個時間接電話了，免不了又要去當風紀股長。我的敬業精神不敢讓電話響太久，第二聲響隨即接起，電話那頭表明是春梅區，我專業客服馬上上身：「有什麼地方能為您服務？」開玩笑，我低聲問：「怎麼了？」客人很謹慎的說，在浴室拾獲一只名錶，價值不斐喔！要交由我處理，讓我過去一趟。我實在是不想從溫暖的被窩起身，很想說你們代為保管就好了。想歸想，還是裹著棉被前去，露友慎重其事跟我說，如果有人來認領，我一定要如實核對身份，這支勞力士粗估有 50 萬！50 萬？！我說該不會是假的，不然這麼貴重，掉的人早該拿大聲公廣播找錶了，說不定 500 塊錢買的，現在的贗品逼真到外行人根本看不出來。就這樣，不管是真是假，手錶跟著我回房間睡覺了，我就這樣抱著真 50 萬（當它是真的，作夢才會笑，不然被吵醒多不開心呀！）睡了一晚。

　　早上 8 點，我去找尋失主，一旁正在抽菸的男子聽到馬上舉手，他完全不像苦主，不然就是這錶真是假的。我問他，怎麼沒有第一時間找尋？他說已經很晚了，11 點左右，他洗完澡出來，再回頭就不見了，我又說那怎麼沒有一早來找？他回晚一點再來問，看來撿到的人比丟掉的人還緊張。但我想他心裡想的應該是

橫豎找不回來，所以不用多問了，哈！我是人性本惡主義。他拿出曾經戴在手上的照片給我看，證明是他的錶，我好奇問他這只錶多少錢？他雲淡風輕回 40 萬。天啊！這樣他還睡得著！我把這事說給朋友聽，朋友一聽馬上問，這人懂不懂事，有沒有請大家喝咖啡？我回，我也等著他來點咖啡吶！

關於幾天前我打電話給小混混說要在我的檳榔範圍內種樹一事，中午，他便來與我當面就楚河漢界說清楚，我覺得這樣很好，我甚至再重申，如果出入口是他的，要圍起來也沒關係，該怎麼辦就怎麼辦，我厭倦了他老是跳針似的重覆說著「他的路口、他的路口」，最後他趁我離開時，用紅色噴漆在地上作記號，去去去，這個記號得讓我得經常想起這個混蛋，煩。

0312 星期二 冷
英雄惜英雄

下午去黃老師的音樂教室討論關於將他的作品集結成冊出版的事，黃老師從年輕便開始創作，算算已超過 50 年，作品已不勝枚舉，要歸納，分門別類感覺是一件大工程，但我應允他，希望在有生之年可以將他的作品集送進國圖。

我完全能理解，努力大半輩子的作品，若沒有整理出版，送進圖書館，人百年後就是一堆廢紙，畢生的心血都將付諸流水，誰也不記得誰，同是創作的人，哪怕我沒名氣，都想藉由文字留下開墾記錄，更遑論黃老師已中壽，對於自己的創作想必更迫不及待要留存下來，對於音樂，我是一竅不通，但協助出版應該還可以貢獻一點心力，完全是英雄惜英雄啊！

0315 星期五 晴
看房子

今天回台中還有一個任務,就是去「看房子」,自從收到車輛被檢舉通知單,就覺得停車是一個問題,不解決停車問題,每次回台中都會讓我苦惱,於是我開始找房子,或許可以換個有車庫的老房也無所謂,只要回台中,車能直接停在門前就好,房子多老多破都沒關係,但沒想到,再老再破的平房,價錢都令人咋舌!以前剛搬來時,大坑的房價多便宜啊!100坪的平房,4、5百萬就有了,現在50坪的老平房,竟要1千萬以上,回不去了,所有的一切都回不去了,包括我也可以考慮不回去台中了。

0317 星期日 涼爽
管家

我邀惠文這週來山上與我為伍,從認識惠文到現在,算算也十幾年,從我在台中成家立業後,她便來幫忙我整理家務,以及打掃出租套房,我尊稱她「管家」,是名符其實的管家,那時,我有兩三個「家」都是她在管(打理),她手腳俐落,總能很快地幫我把房子打掃的乾乾淨淨,後來,我工作少了,她離職後,我們也少了聯繫,但她總不忘在特別的日子給我送禮來,孫子、孫女的彌月蛋糕都有我一份,而我有什麼打火的工作,就找她,像故事館的工作一度讓我很燒腦,後來是她來協助商品上架,了卻我一樁心事。

昨天一早接她來,跟她說,當作來渡假,下午再正常工作,於是今天一大早天還沒亮,她便騎機車去龍頂看日出,龍頂離花園很近,但我也沒去過,卻經常叫別人去,看過的人都說值得,真該也找一天去瞧瞧才是。

0318 星期一 涼爽
花魂

　　玫瑰的名字叫「日落榮耀」，完整的進口包裝，連包裝都那麼地精緻，整體而言太美了，玫瑰來自厄瓜多爾，一個專產大花玫瑰的國度，標價1000，就這麼活生生倒栽在垃圾箱裡，我那該死的花魂，忍不住將它拉起來，以她不專業的判斷，了不起再瓶插個3—5天。

　　今天垃圾箱裡的殘花真多啊，各式各樣，有些菊花連頭紗都還沒卸下，所有的花束無言地躺在垃圾箱裡，因為沒有被人青睞，它們這輩子連站上餐桌的機會都沒有，連展現自己最美一面的機會也沒有，包裝紙封印了它們的一生，枯黃、凋萎，時間無情了它們；垃圾箱滿的像冰淇淋一樣，漸次形成一座尖塔，五顏六色的花卉點綴在其上，多麼豐盛！可惜不是甜美的冰淇淋，而是苦澀的殘花塔，正確的說是殘花塚，是每每讓身為花農的我所見，都不禁要嘆息現實的殘忍，我將它們的餘生看盡後，抓起「日落榮耀」帶走，這麼美的名字不該殞落在垃圾箱裡，再隨手抓了兩把花，撫慰心碎的花魂。

0319 星期二 晴
還白馬王子一身白

　　我的白馬王子，從牽回它的那天便烙印下「花舞山嵐」四個字，以及花圖騰（嚴重花魂），為我專用座駕，前陣子收到臨時檢驗通知單（被舉發）「未如實於後車斗噴印車牌號」，為了符合標準，勢必得先卸下白馬王子一身勁裝，貼了近5年的圖案，膠與車身幾乎密不可分，買了除頑強的除膠劑加上吹風機，工人足足費了5個小時才徹底將所有貼紙卸下，終於還白馬王子一身白，只是，看得真不習慣呀！

0320 星期三 晴
美景與哀悼

很久很久沒去南橫,與朋友相約一大早出發,當日往返,沿途美景盡收,還看到一大片雲海,雖是平日,人潮卻不減,有出遊的快樂。

途中,嘉義大嫂,傳來訊息,嘉義大哥走了。想到前陣子傳給他的訊息:「大哥,很高興認識你,謝謝我開業的第一年,你是我第一名的客人,謝謝你一直對我的支持與愛護,希望你趕快好起來,今年再來當第一名嘿!」在美景中遙祝嘉義大哥一路好走,一朵白雲從眼前飄過,彷彿為我心中的悲傷哀悼。

0324 星期日 晴
相思樹(一)

黃老師說他的陽台種了一棵相思樹多年,已經爆盆又徒長,讓我去看看,我不解相思樹怎麼種在小陽台呢?於是兩週前我去看這棵相思樹,跟我想的開黃花的相思樹不一樣,是小實孔雀豆,也是相思樹沒錯,同科不同屬。我有上萬顆小實孔雀豆(果實),那是我從大學時便開始的收藏,後來我種了上萬棵樹,卻從沒種過小實孔雀豆(樹),它本是大喬木,該在寬闊的空間生長。

我大學在屏東就讀,宿舍旁的學生餐廳有一棵很大的相思樹(小實孔雀豆),每年一到夏天,長長的果莢就會爆裂,一顆一顆的相思豆就掉落在地面上,一回,走出餐廳,我興起了撿紅豆的樂趣,這一撿,竟然撿了數十年,而且同一棵,從年輕撿到中年,仍然樂此不疲,每年夏天一定找時間回母校撿豆,不知不覺,一罐又一罐,累計了上萬顆,從來只進不出,真有這麼愛嗎?有時

覺得「執著」是我無可救藥的症狀，一直到我有了農莊，很自然地我對相思豆那無可救藥的執著便消弭了，今日一見這樹，又勾起我學生時代的「少女心」。

小陽台確實是不適合它，它已經喘不過氣，整個盆子已經裂開，根也竄出一大截，已被斷頭一次又從側邊冒出新芽，我隨口說了或許可以移回我那裡種，但回家後上網查詢中海拔環境不太適合，加上樹體不是那麼健康，於是將此事擱置，竟在三天前，這棵樹入夢了，從來沒有這麼清晰夢見過一棵樹，我想它把我的話聽進去，卻等不到我，跟我求救來著，今天便去將它帶回。

小小的陽台，已沒有它容身之處，被腰斬過一次，又冒出新芽，它很拼命想活下去，根系從盆底下朝四面八方竄出，尋找水源，我將它奮力拉出，再切斷一些粗根，裝進麻布袋，夥同另一株也是亂竄的梧桐樹（不確定）一起綑綁帶走。

下午出發，回到嘉義已經天黑了，十五的月光皎潔，灑滿了一地金蔥，開在蜿蜒的山路，我看著月亮，想著眼前被照亮的黑暗道路，猶如我的前途，不自覺沉思，難得在無人的山路我放慢速度，恰巧當下有那麼一點詩意，隨性作起一首台語詩，第一次用台語思考詩，不到位，但凡事總有個開端，也或許就尾端了（台文書寫對我而言是困難的），心境倒是徹頭徹尾如在黑暗中行走，極需一顆電火球。

月娘光光
佮我帶路
眼前路是彎彎斡斡
前途茫茫。

月娘講,
作你走,我予你作膽。

我佮月娘挽下,
放在胸坎,
一路,
我親像發光吔電火球
前途一片光焱焱

我佮月娘講
以後每月十五你攏要予我作膽
這生,我攏嗯怕妖魔鬼怪囉!

0325 星期一 晴
孤注一擲

　　一早將帶回來的相思樹稍作整理,粗根、細根全部擠在 20 幾公分直徑的盆子裡,像極了熱壓三明治,我鋸掉樹根咬住盆子的那一段,然後帶到朝東的位置地植,這裡最熱,希望能貼近屬於它生長環境的溫度,完全沒有把握將它種活,但我相信我們都是孤注一擲,我沒將它帶回種下,它也活不久,回來我家,就是一線生機。

三月

0327 星期三 晴
月娘

　　昨晚月色依然明亮,照亮整座花園,我坐在院子裡憑藉月光就著電腦寫作,我從來沒有夜晚了還獨自坐在院子裡,更別說在月色下寫文章,寫著寫著,一群雲來將月光遮住,我抬頭看月亮週圍如描金邊般發出亮光,月亮徹底被掩蓋,已沒有月光能照亮桌面,站起來伸伸懶腰,也是時候該回房間了,走進房間,看見自己已經躺在床上睡覺,想必是我靈魂出竅了,也或者是最近作了一首月亮的台語詩,日有所思,夜有所夢吧!滿腦子的「月娘」,是醒了?還是睡了?都昏了。詩,經過台語老師糾正正確的字詞,果然鮮活許多。

〈月娘〉

月娘光光
佮我炁路
毋管我的路
彎彎斡斡
抑是前途茫茫
月娘講:
作你行
我予你做膽

我佮月娘俀下
囥佇胸坎
有月娘做膽
我親像發光吧電火球仔
眼前前途光映映
這路,我攏嗯怕妖魔鬼怪囉!

0328 星期四 晴
時間的破洞

就像時間的破洞，去年的此時水塔見底，有進水卻留不住，這週這個黑洞再度打開，我痛定思痛，爲了不再掉入這個漩渦裡，決定徹底處理通往水塔的水管糾結，這幾年來，每換一個水電師傅，水管就再疊上一層，沒有人願意處理舊水管，我理解，這樣最快，幾年下來，層層疊疊的水管讓我永遠搞不清楚哪隻水管要去哪裡？要關？還是要開？不得不承認，面對這些水管一直是我多年來的夢魘，該來的跑不掉，只有徹底解決它才能擺脫糾纏。

一早，帶著工人，就前幾天先了解來龍去脈後，將該斷的斷、該除的除，水塔週遭終於出現前所未有的條理分明，我也跟著清爽起來，相信明年這個黑洞將不會再打開。

下午特地回台中，參加嘉義大哥的告別式，送走了他，心中無限感慨，謝謝曾經的第一名，一路好走。

0329 星期五 晴
沒朋友

台中家左邊鄰居是兩位香港女生，他們來創業，繼右邊鄰居阿姨會關心我外，她們也像朋友般，每次回台中，總會跟我聊上兩句，而月底他們的租約到期，已經整理打包的差不多，下次再回台中，就見不著她們了，今天與她們話別，有點難過，以後回台中，真沒朋友了。

三月

0330 星期六 晴
推薦序

　　胡民祥博士如約傳來我新書的推薦序，用一個月時間，閱讀我寫的五本書後，並且全文台語書寫，合計二萬四千字，很感動，已經超越推薦序的程度，而是文本賞析（文本觀寫法），鉅細靡遺將我書的內容歸類整理評論，加上表格，這是多麼費心思、費時間的寫法啊！萬萬沒想到胡博士如此用心地為一位名不見經傳的作家這樣寫序，除了感動還是感動，不愧為大家風範。

　　經與出版社討論後，決定更改為跋文，全文一字不漏，並加上博士手稿圖檔，以示我對博士的敬重。

0331 星期日 晴／入夜雨
庇蔭

　　時間很快，轉眼母親已經對年了，常想起孤單大半輩子的媽媽，心中充滿不捨外還有虧欠，總是想得多做得太少，今天將母親送入父親家的宗祠，我想，陳家歷代祖先都會以母親為榮。

　　父親在我七歲便撒手人寰，在那個貧困年代，母親一人帶著四個孩子租屋而居，搬了幾次家後，用僅有的錢付了房子頭款，終結我小時候常搬家的記憶，還記得母親的工作時間總是很長，長大後才知道無非就是為了多賺點錢，養四個小孩多麼不容易，當時弟弟也才 3 歲吧，媽媽教育程度只有小學，只能做些勞力工作，但她從沒意圖讓她的小孩棄學去當學徒，苦的是她自己，卻培養出陳家第一位博士，我的兄長，光宗耀祖。我的母親啊！您到宗祠，列祖列宗都要對您豎起大拇指了，我感到身為您女兒的驕傲。母親，受您福德庇蔭，無論生前或生後，女兒三生有幸啊！

母親的對年法事依然是濟公來幫忙，從母親往生到對年都是濟公師父一手打理，與濟公的認識是兩年前，他來幫我農莊作風水，後來與濟公一家人也成了好朋友，知道他是可以信賴的人，但我一直覺得，與濟公結識背後的真正義意是為了一年後幫母親走最後一段路，因為他的出現，我們手足能安心將母親的後事交由他處理，不至於亂了方寸。

四 月

告別這段靈性之旅後，真的歸零了，將打包我的全部，出離這個家，展開我人生下一段生命旅程。

四月

0402 星期二 晴
陀螺

因為卽將出國 12 天,早上便從台中借來姐姐的工人,在我不在的階段幫忙園務。偏偏車子又出狀況,失去動能,一到嘉義便進原廠,再請賴老師來接我上山,兜了一大圈終於回到農莊,這幾天像陀螺一樣,團團轉。

0403 星期三 晴
大地震

一早卽帶上阿山去奮起湖中興苗圃載樹苗,這是我第二次開小貨車出門,因為樹苗約 300 株,小貨車方便些,實在是不熟練,開得我戰戰兢兢,正在行駛過程中,姐姐來電,說大地震了,我山上好嗎?我簡單回:「沒感覺耶!我正在開小貨車,手忙腳亂中,不能跟你說話,回頭再電你。」便掛上電話。接下來是一連串好友互相問候,我大概是唯一狀況外的人,因為太過於專注開小貨車,反而完全沒有感受到地震的驚恐。

後天便要出門,一早忙進忙出,張羅東張羅西,得把該交待的事、該作的工作、該準備的東西先搞好;下午又去載樹苗、紙箱、牽回維修的車子,回到花園已經傍晚,累死姐姐,適巧晚餐時間,前腳才一踏進屋裡,阿山和威娜一個說:「姐,沒蛋了。」一個說:「姐,機車沒電了。」此時,他們已張羅好晚餐,叫上我用餐,當下覺得,我好像他們的媽哦!而不是姐。

0404 星期四 (清明) 晴
倒數計時

明天將要離開花園 (好像在倒數計時)，今天的工作安排種樹，能種多少算多少，不然接回來這麼多樹苗擱著，心裡很不踏實，至少可以努力一整天儘可能將樹苗種下，其餘再交待給工人，出門 12 天要交待的事太多了。

0405 星期五 晴
打包行囊

這是我開業以來第一次在連假，更別說是連假第一天，便丟下一堆客人在園區，準備旅遊去。4 點半客人都到了，我趕緊驅車回台中收拾行李，準備明天一早的飛機，才剛到台中，工人來電，飲水機沒水了！靠，都什麼時候了，飲水機沒水就是客人一次出水太多，來不及生成淨水，找誰都沒用，就等吧！

有了 4 年前印尼之旅經驗，這次的行李我特別打包了枕頭跟被子，及一行李箱的禮物，還有準備一顆去迎戰洗冷水澡熱血沸騰的心，朋友說旅遊是要去享樂，怎麼我的旅遊像要去當兵？是滿像的，此行充滿冒險，印尼妹子特別跟我說，家裡小也沒有冷氣，住的不像 4 年前住她阿姨家的大房子那麼漂亮，我說沒關係，有床就好，床以外的東西我自己帶。印尼妹子從新加坡飛，我從台灣飛，我們相約雅加達見，然後將驅車 7 小時到西瓜哇，她的家鄉，明天看來是一場硬仗，緊來睏了。

註：關於四年前的印尼之旅寫在第二本書《阿蓮娜的蛻變花園 - 一個人的旅行》

山居生活—心靈旅程 4

0406 星期六 台灣雨 / 印尼熱
心靈之旅

　　這次再到印尼總覺得是四年前印尼之旅的延伸，四年前我在過年的除夕出走（才四年，但我卻感覺好久了），今日再到印尼卻是為了來過這裡的年，四年前的旅程原來一直還沒結束，有一種旅程是要歸零才算結束，這次妹子提出邀請，跟她一起回印尼過年，我想不是巧合，是冥冥中牽引，必然有什麼等在後面。

　　2019 是我第一次一個人的旅行，那次旅行的目的就是出走，心靈出走，回來後，我埋首工作，開始造林，接著出第一本書，同年 8 月將農莊整理到可以對外開放，開業的第一、二年，我沒有一個假日離開過花園，哪怕一個客人都沒有，大門依然照營業時間敞開，獨自默默地守在花園，那種程度是幾乎忘了自己，或者說刻意封印自己；接著爆發疫情，最嚴重的半年，根本是關在花園裡，第三年我開始在沒有客人的假日悄悄關上大門，在花園裡閒散，尋找屬於自己的寧靜，尋找，似乎成了我生命中的一環。是年過半百的自己選擇了現在的生活，不輕鬆，每一天、每一步，再苦再累都是為了夢想而前進，曾經的孤獨、寂寞、苦，早已內化成為力量，讓我更勇敢面對自己。

　　整理行囊時想起四年前同樣整理行囊至印尼的心境「孤獨、寂寞、苦」，時間將我粹鍊得老成，那些風花雪月不再裝進行囊，也沒有多愁善感可以打包，歲月磨去我的少壯（我其實很想寫少女心，但又覺得不論我幾歲，少女心都應該保有），取而代之的是適齡該有的務實。

到達印尼機場，沒想到竟是在行李轉盤邊與妹子相逢，我們到的時間幾乎同一刻，遠遠地看見彼此後尖叫，然後飛奔相擁，四年再見，彷彿昨日，接機我們的是她全家 10 人出動，包一台 15 人座小車外加兩個司機 (長途輪流開車)，風塵僕僕開了 8 小時的車來，又風塵僕僕開 7 小時的車回程，回程路上遇到一陣大雨，看著窗外雨勢，想到山上好久沒下雨，真希望山上也來場大雨；中途大夥停洗手間，一人兩元，很便宜，一進去廁所，我看不到馬桶，就一桶水和一個瓢子，懂了。接著大家在雜貨店各買各的小吃，坐在路邊吃起來了，原來是晚餐，我還以為久別重逢的全家人會一起找個小館子晚餐吶！

　　我們摸黑回到西爪哇的家，回到四年前這個鄉下，冷水從我頭上沖下的那一刻，依然倒抽一口氣，時間似乎沒到過這裡，時代的進步根本忘了這裡，匯集在這裡的仍是落後，但我的心境有了很大的轉變，那個曾經如影隨形的孤獨是什麼？寂寞早已和著苦吞下肚強壯了自己，若不是再回到這裡，我不會知道那個曾經心靈出走的我已經走出自己。此時，冷水已貫穿身體，哆嗦了一下，我想的是，上次在第 7 天便發燒，這次肯定要戰勝冷水澡，全身而退，第一天加油、加油 (高呼)。

0407 星期日 很熱
第一杯咖啡

　　對於喜歡喝咖啡的人來說，再怎麼克難的環境，都要搞出一杯咖啡來。妹子家唯一的電器是電子鍋，於是我用瓦斯爐煮一鍋熱水，直接拿起鍋子手沖跟我從阿里山一塊來的咖啡，然後端坐在門廊品嚐我在印尼的第一杯咖啡。接下來我將在這小巷弄裡混十天，從包裡拿些錢塞給妹子，請她多關照了。

一早與咖啡靜坐在門廊前，門廊是家家戶戶很重要的區塊，多數人一早便會坐在門廊前，我覺得是一種文化，而我，是因為不得不，妹子給我的房間已經是家裡最大最舒適的，但也就一張彈簧床擺在地上，別無它物，正確的說，妹子家並無桌椅，很自然地，門廊的門檻是我唯一可以不用席地而坐的地方，必須承認，我並不喜歡盤坐，那起身、蹲下的動作讓我覺得自己很笨重。

看著門前小徑小貓兩三隻晃來晃去，我將跟隨這些貓的節奏，逗留在這個步調慢到不能再慢的村落 10 天，將自己歸零，結束歷時四年的心靈旅程，然後將這裡留給時間，告別這段靈性之旅。

早上熱，穿著短褲就去便利商店買保久乳 (這裡只有保久乳)，感覺我白皙的雙腿在這條清真寺附近的街道上顯得特別招搖，加上我是外國人吸引不少目光，才發現街上沒半個人露出手臂或腿，全部包得很緊密，在這麼熱的天氣下怎麼有辦法這樣呢？我自認很耐熱，但來到裡都舉白旗投降了。傍晚，我又想外出田野散步時，妹子叫住我：「姐，換條長一點的褲子吧！」明白，入境隨俗。哪怕她也怕熱，在國外短衣短褲，但回來家鄉，出門也只能「比照辦理，把自己包好包滿。」畢竟這是回教國家，宗教的力量不容小覷啊！

中午去附近一小吃店吃麵，老闆聽聞我從台灣來，問，可不可以拍張照讓他貼在店內牆上？連不知名的外國人我都能「牆上有名」，肯定這小地方一年來不到幾個外國人。晚上去逛了夜市，有一些簡陋的遊樂設施和生活雜貨及以小吃，這裡的夜市半年一次，一次就一個月，可想而知的熱鬧，只見黃土飛揚，小地方開大眼界了。

四月

0408 星期一 很熱
禪修

　　從下機的那一刻,即開始爆汗,從沒停止過,早晚各洗一次冷水澡剛好而已。沖涼後,煮杯咖啡即到門廊前端坐,與花園的工人視訊,就在視訊過程中,一隻貓咪嘴巴裡叼著一隻裝死的大老鼠從我面前大搖大擺走過,簡直不敢相信自己的眼睛,好不可思議的畫面。可惜手機正在通話,不然這一幕太經典了。至於為什麼我知道老鼠裝死呢?因為,貓在鄰居門前放下老鼠(莫非是貓的報恩?)然後窩在草叢,不一會,老鼠翻身了,我瞪大眼睛,貓也抬起頭瞪大眼睛,老鼠又不動了,不一會兒,老鼠竄起身跑了!然後貓也起身,瞧了牠一眼,我覺得貓並不想理牠了,不然以貓的速度肯定追得上。

　　當地正準備過年,妹子說哪也去不了,只能待在家,雖然我看不出這個家甚至這條街,「準備」過年有什麼不一樣,我看不出來除舊佈新,也沒有大掃除的跡象,更沒有採購年貨的忙碌,但我完全沒意見,經過兩天足不出戶,長時間席地寫作,與自己對話、思考,附近清真寺早晚傳來誦經,語言不通讓我幾乎無語,我開始覺得此行比較像來禪修,靜心,體驗與內觀,同時意識到禪修的地點原來可以很廣泛,道場就是提供一個靜心的場所,如果我能獨自靜心在與我原本截然不同生活模式的窮鄉僻壤,那麼比起我去任何道場,並且沒有同修,會更來得精進吧!只是兩天下來,長時間席地而坐,無背部支撐,我的背已經略感疼痛,雙腿也不適,寫作的進度不如預期。我問妹子,這附近有沒有那種可以坐下來喝杯咖啡的地方嗎?像麥當當、肯爺爺或小7那一類的?讓我能好好坐上大半天寫寫文章或思考,答案是「好像有一個」,於是下午前往,居然沒開門,好吧,我再度回到妹子家,因為外頭熱,無法待在門廊上,只能回到房間席床而坐,將電腦放

在雙腿上繼續閉門寫作，雖然大白天，但光線微弱，屋裡就一顆小燈泡，紅色斑駁的牆壁在昏暗的燈光下相當挑戰精神，高溫的房間只有一把只剩骨架的風扇，風扇轟轟轟，感覺要把我給轟炸了，很考驗的環境，如果靜心是此行的功課，那麼所有顯像的一切都是功課的一部份。

4點半了，該出去讓陽光看看我，這是這兩天唯一的行程，但今天想跑跑步了，運動了一下，感覺真好。回到家，妹子已準備好晚餐，一道空心菜、一碗菜湯、幾塊炸雞，我吃了一小碗空心菜，和幾口炸雞肉，妹子說我真愛吃空心菜呀！我笑笑，心想，平常很少買空心菜，倒也沒那麼愛吃，只是，六人份的晚餐就這麼些菜，我不敢多吃肉呀！

0409 星期二 很熱
文化與教育

昨夜裡下了一場不小的雨，早上起床倍感涼爽，但很快地，又被地熱給取代了。

妹子看我連著兩天都用瓦斯爐煮水沖咖啡，昨天外出便買一個快煮壺回來給我用，真不好意思，但確實方便多了，妹子家既沒流理台也沒水糟，我每天又是咖啡又是茶，有了這個傢伙幫忙肯定俐落不少，加上瓦斯對當地而言似乎取得不易，家家戶戶用的都是5公斤小桶裝，並且不太開火，感覺瓦斯很珍貴。她說，家裡不太用熱水，連寶寶沖牛奶都是冷水，我很訝異這麼普遍（便利）的東西在這裡居然無用武之地，無論如何，謝謝她的貼心，讓我未來幾天方便多了。

早餐後，妹子叫來按摩的阿姨，這種居家按摩出乎我意料的便宜外，手技也好，這裡的按摩滿有意思的，在過程中會念念有詞，猶記得四年前我去一位老太太家接受按摩也是如此，我問妹子唸的什麼？說是讓身體健康，驅東驅西的，感覺很像我們的「收驚」，尤其當他說排除我身上什麼543的時候就會打嗝，過程中還說我感冒了，結束後囑咐我今天晚上洗澡要沖鹽巴水，感覺滿厲害的。

這是第三晚我融入他們家庭的晚餐，食物照往常全攤在地上，大夥席地而坐，雖然我不太能明白，桌子這麼好用的東西為什麼不用？但入境隨俗，我懂，文化就是文化，只是晚餐我看到負責擦乾碗盤的小妹妹直接拿起地上一塊大家的腳踩來踩去，很髒的布，將剛洗好的盤子擦乾時，我還是受到震憾了，我默默跟大家一樣領一個盤子來用，但食物盡量不落入整個盤底，心裡五味雜陳，我想這不是文化，而是教育了，說到底，能餵飽全家就是一件了不起的事，教育是什麼？

第三天終於順利排便，比預期的還快，人生一大樂事。

0410 星期三 很熱
過年

天才微微亮，妹子一家子早已起身著裝，準備6點20分附近清真寺新年祭典，一家子穿上統一的罩袍，顯得隆重而團結，我隨後跟上，在外圍觀禮，村落不大，所有穆斯林全匯集在廣場上，看得出來大家都盛裝出席，穿上最美的罩袍，在淨空的大馬路上舖上自己準備的蓆子，一致朝向清真寺席地而坐，場面很是壯觀。

有幸能看到全村穆斯林因為過年而團聚在清真寺前,我看大家有趣,大家也看我新鮮,誰教我是現場唯一觀禮的外國人呢?感覺全村人都認識我了,至少知道有一個台灣來的女生。

約莫一個小時左右,團拜結束後,大夥走回家,在門口與左鄰右舍互相行禮,然後到親友家走春,這點倒是與台灣頗像,走到第二家時,主人拿出椅子請我坐,來五天了,我第一次看到像樣的椅子,有椅背,有四隻腳,更別說是五天來第一次坐椅子,那感覺,真好!走春兩家便回家了,下午我繼續回房間「閉關」,同樣在傍晚時出去散散步,行進間,與台灣工人通訊,工人問,印尼家今天有沒有煮很多菜?我說,到現在都沒有煮耶!也不見著買菜,一直到了晚餐,妹子端出一盤炒空心菜和一盤小卷,五個人圍著兩道份量都不多的菜,並且不是全家人,我感覺這個年除了早上那一刻團拜的氣氛外,並無特別的年味,甚至是連著幾個晚餐裡,最最簡單的一餐,看著那盤我一人就可以吃完的空心菜,怎麼也不好意思跟人家「搶食」,只象徵性夾了些菜,表示天太熱吃不下,然後說,房間裡還有泡麵,我來嚐嚐當地泡麵。十分鐘左右,大夥都吃飽了,這個家,對吃並不那麼重視,每餐都不超過15分鐘,總是速戰速決,就是圖個「飽」,連著幾天都是一大鍋飯,兩三道份量不多的菜,這個家加上我,大大小小合計11人,有些家人是特地遠道回來過年,卻沒有一餐人數是到齊,我以為過年會是個特別的日子,應該會有特別的相聚,像台灣那種「圍爐」大魚大肉,飲酒作樂,結果是如常,與其說對吃不那麼重視,倒不如說,生存遠大於生活吧!

我曾經覺得「過年」太矯情,總是一群人喜氣洋洋,歡欣鼓舞貌,恢單後,四年前,一次逃避過年來到爪哇反而傷感;今天跟一大家子的人過年,真正感受到過年跟平常沒兩樣,就是樸實過

生活，總是要繞一大圈才知道該知道的，過節在於家人團聚，吃，是其次，別把往後日子存糧給耗盡才好，至於我，哪來那麼多多愁善感，好好過日子有那麼難嗎？如果時間能重來，我應該每年都要回家陪媽媽一起吃年夜飯才是，但當真時間倒轉，我想，我那放蕩不羈的個性一樣會往天空飛翔，尋找生命缺口的那一塊。話說回來，還是台灣的過年好玩，張燈結綵，喜氣洋洋。

0411 星期四 很熱
台灣的姐姐

　　早上坐在門廊與妹子聊天，她說，這裡的人都不相信她以前在台灣的老闆來看她，她說，我像家人，是她在台灣的姐姐，我相信她沒有把我當外人，從我跟他們一家人席地而坐用手抓飯用餐那刻起，我知道我是親友等級。當地人說，外國人都去峇里島、蘇門答臘渡假，來爪哇看什麼？別說她親友不相信，我自己的朋友們也多半覺得這麼落後的地方，怎麼有辦法待十幾天？真的不容易，但也沒那麼難，只要抽掉情緒就可以了。

　　妹子是唯一經歷我 2017 年底人生轉變的工人，她見證我的幸福與悲傷，照顧我的 2018，從此我們有了友誼；下午另一位曾經也在花園待過的女工來看我，她總是甜美的笑容，轉眼也四個孩子的媽了；猶記得那時她們跟我說：「姐姐，要找男工了。」才意識到，花園日益繁重的工作已不是我們幾個娘子軍可以負荷，於是在她們引薦下，開始用男工，也是在那時，我又跨出了一步，在她們紛紛離開後，便不再用女工，常覺得，我的花園有大半是這些工人撐起來的，沒有這些工人，我走不到現在。今天花 15 個小時交通時間來看她(們)算什麼。

0412 星期五 很熱
瀑布

今天，來印尼的第一個行程，一早妹子領了一大家子人及她的好朋友，浩浩蕩蕩一行18人，包了一輛中巴去同為西爪哇省的庫寧安地區，普特里山瀑布(Princess Waterfall, Kuningan, West Java)玩水，位於山區一個天然景觀，海拔1100公尺，松樹環繞，氣候非常涼爽，是幾天以來最舒服的地方，我說找個近一點的景點走走就好，沒想到這個「很近」居然一趟要4個小時車程，我們在瀑布逗留了一個小時，就下起雨來，又躲了一個小時的雨，回程塞車直逼5小時，真不近啊！

「時間」在這裡，好像沒有人把它當一回事，時間對這裡不重要，時間來時間去沒有人在意，所有的人總是慵懶閒散，慢活不能再慢活的步調，或許時間真沒來過這裡，入境隨俗讓我過上截然不同的生活，而我，唯一不習慣的是「煙味」無所不在，充斥在每一個角落，不管在家、在外、只要有除了我以外的人在就有香煙飄出，哪怕有嬰兒在，也視若無睹，這是唯一讓我想逃離這裡的東西。前兩天，我感覺喉嚨已經開始不舒服，昨天便輕咳起來，煙味更加重咳嗽的頻率，連到山上空氣這麼好的地方，也是人手一支香煙，讓我無處可躲，今天一早喉嚨有點腫了，吞下第一粒止痛藥，終究是感冒了，希望能壓下症狀，不要變嚴重才好，旅程還有5天，祈求老天保祐讓我撐回台灣。我想，終究沒有戰勝冷水澡。

0413 星期六 很熱
伙食

　　早餐時和妹子聊起過去在山上的伙食跟現在的伙食，真有天壤之別，那時三餐就是菜，買不起肉 (真的，別不相信)，好長一段時間，我將大部份的錢用在買樹苗，還有請工人，典型為夢想而餓肚子的寫照，身為老闆，在當時完全沒有收入來源的情況下，必須要樽節開支，讓「未來」久一點；現在，冰箱的雞腿、魚，隨便工人吃，吃到都會浪費了。

　　來到妹子家一週了，餐桌上目前還沒出現魚，至於雞肉，也就來的前兩天那麼兩餐，一丁點，通常一天就兩餐 (早晚餐)，早餐簡單買個便食解決，晚餐通常兩道菜，有一天，晚餐時間，小朋友興沖沖跑來蹲在食物旁，看著食物，突然臉色垮了下來，嘟著臉頰，咕噥了幾句，我問怎麼了？妹子說：「她想吃肉啦！」地上只有兩道青菜，這個家就她在賺錢，身為經濟來源者，我能理解，今天少吃一點肉，可以吃很多餐的配菜，讓日子有味道久一點，總比只有一鍋白飯好吧！小朋友那張失望的臉深深烙印在我腦海。

　　下午終於來到一間當地咖啡館了，能好好坐著書寫，是一件多麼舒服的事啊！早上，我一度將筆電放在機車座椅上，坐在鄰居的門廊邊，雖然很克難，至少我的腰桿、雙腳能打直，這幾年身體的苦從來沒少過，因為苦過身體，所以哪怕一點點的不苦都覺得甜吶。

0414 星期日 很熱
寫書

四年前來印尼，回去時出版第一本書，這次回去要出版第五本書了，好巧不巧的事，趁著空檔，將新書作最後校稿，也是此行來印尼的功課。原本已經排版好的書，因為將胡博士寫的序改為跋，而重新排版，今天陪妹子外出，她訪友，我則坐在大樹下看稿，時過中午，她將我送至昨日的咖啡館，我繼續校稿，務必在今日完成，明日好傳出版社最後一校，此事便可告一段落了。

今天的寫作環境是這幾天以來最好的，昨天能在機車上寫文章已經覺得很不錯了，果然工欲善其事必先利其器，所以今天最有效率。

....

每天早上都會打電話回農莊，問工作進度及天氣好不好？聽聞好幾天沒下雨了，即喚女工澆水，接近中午，唯一的一組露友傳來訊息，說沒水了，心想不會吧！好大一桶水，不至於澆水後就沒水呀！趕緊先叫男工提水給客人暫用，連在國外都會被水修理，還好只有一組客人，並且快撤帳了，不然要把我給緊張死了。接著叫工人開始找尋哪兒的水沒關，果然就是有一處打開澆水後就忘了關，所有的水都流光了，一直到下工，水壓仍然不足以將水送到居住處，大夥都免洗、免煮了，偷笑的是－還好我不在。

0415 星期一 很熱
驅魔師

今天到遊樂園玩，才發現沒有人穿泳衣，是不是要來開個穆斯林泳衣專賣店呢？不然大家豈不是都來這兒洗衣服了。

村子裡有個女按摩師，其實我比較想說她是「驅魔師」，10天裡他來幫我按摩了三次。第一次也就是我到的第三天，他來幫我抓身體的時候，就說我感冒了，當下我只是微恙，而他並不知道，我也沒說，果然接下來我明顯出現感冒症狀；第二次，她抓我腳的時候，打了好大一聲嗝，表示有不好的，幫我排掉了，其實前一天我經過一處墳場，當下不知道是墳墓區，定睛一看發現後，腳步雖然有點遲疑，卻還是往前行，我一樣沒跟她說，但我真覺得她很厲害；今天，我已嚴重感冒，再度找她來幫我刮砂，心想，回家前多少可以祛祛一些雜七雜八的也好，很難相信一個小時折合台幣只有100元，太便宜了，話雖如此，對當地人而言，除非身體有什麼狀況，不然不會輕易請來按摩師「驅魔」。

0416 星期二 很熱
盤點

來到這裡的第一天，就讓我想起2018年，我做大禮拜的心境，那時的目的是為了徹底懺悔自己失去了家，唯有將自己放到最低，於是不自覺作了108遍的108次大禮拜，這次有感我是把自己放到最底層了。唯一的享受是每天早上醒來還能克難的在地上沖杯咖啡……告別11天幾近禪修的生活，還有慢到不能再慢的步調，感覺有收拾到自己，這是一段難忘的旅程。

明晚將回到台灣，每次的出發與結束都是期待，此時我正在收拾回程的心境，盤點 11 天的旅程，我滿載而來的行李，回去 10 公斤不到，將能用的東西留下，用不到的就丟了，一身輕飛回台灣，只道是可惜了，我有 50 公斤的行李額度；在台灣，熱就來一瓶啤酒消暑，睡前不是梅酒就是紅酒安魂一下，真破了自己的記錄，10 天沒喝到酒精成份的飲料，這裡連沙瓦都沒有賣，不難猜，吃飽都不容易了，喝什酒精飲料？椰子水成了我取代啤酒的消暑飲品；我有 9 天的時間都待在這個村子裡，哪都沒去，每天就在這條小路晃來晃去，甚至沒有人可以說話，鄰居曾去過台灣工作，會一點中文，問我會不會無聊？我沒有這個問題，畢竟山上給我的修鍊太大了，對於環境，就像有些樹的生長：耐旱、耐高溫、耐貧脊、耐空氣污染……並不是樹喜歡這些環境，而是因為它面對這樣的生存環境，學會適應逆境；與樹相處多年後，我學會適應環境，昏暗的房間，淡淡的霉味，地板上的彈簧床，老鼠在夾層跑來跑去，聲音清晰到彷彿老鼠能輕易從只有它知道的祕密通道進來，而我只祈求層板不要整片掉下來就好；至於蟑螂偷偷在地上走來走去，它以為我沒看到，我只是視而不見，每晚在不安穩中沉睡，哪怕環境讓我的身體出現不適，但我知道，暫時的逆境有助於我對生命的覺知，就像樹的逆境可以讓樹感知要加快速度開花結果，問我這裡好不好玩，我是覺得滿適合靈修的，刻苦總能讓心靈成長，不是嗎？如果硬要用「玩」的角度來看待此行，那麼，答案是：「不好玩。」

四年前來印尼是逃避台灣將至的過年，四年後再來是為了過當地的年，我把人生中少過的一次年給補回來了，有趣；那年，妹子懷孕，再兩三個月就要生了，她挺著大肚子帶著我四處玩，我一點都不懂得體恤，這次除了咖啡館，我哪兒都沒說要去，而她肚子裡的寶寶，如今已是個大男孩；看到過去那個鬱鬱寡歡的

我，跑了好幾個景點，用身體的勞累掩蓋心靈的痛楚，現在的我隨遇而安，笑容依然如花朵般每天綻放；很高興來這趟，很貧乏的生活，樂天知命成了無可選擇的必須，一家十口在過年時節從各地回來團聚，沒有大餐，沒有特別，每天早晚小孩吵吵鬧鬧，我感受到前所未有 11 天的家庭生活；那時用累積多年的信用卡點數換乘商務艙，這次，我用加價一樣搭乘商務艙，怎麼來、就怎麼回去，既然是想來這裡結束上趟的旅程，就像穿越時空遂道，不要改變航行軌道才回得去。

在第三天，我身體開始微恙，第七天，我明顯感冒了，第十天，狂咳，不只我，全家人都狂咳，他們卻都不吃藥，只有我乖乖吃藥，有那麼一剎那擔心，萬一我怎麼了，怎麼辦？這裡沒有醫療可言；此行，身體飽受折磨，長時間蹲坐在地讓我的背部愈顯疼痛，不論吃、睡都不容易啊！旅程最害怕腸胃不適，還好最後一天才略感不舒服，此行帶的感冒藥與腸胃藥，全吃光光，吃不夠又去當地藥房買，飲食習慣與環境畢竟差蠻多的，只能說腸胃還是有國籍之分。要回家了，最開心的是我的身體。

0417 星期三 很熱
西瓜哇再見

來到雅加達機場，感覺西瓜哇離我好遠了，彷彿從一個世界來到另一個世界，走進洗手間，這是 12 天來第一次看到鏡中完整的我；妹子給我的房間有一個裂痕的鏡子，只能看見破碎的自己，索性不照了，而我自己帶了一個小小的隨身鏡，只能看見局部的自己。鏡中的自己有點狠狠，頭髮凌亂，眼袋很深，面容憔悴，差點認不得自己的長相，看著鏡中的自己，覺得愈來愈不注重外貌，這點不知道是好還是不好？

凌晨4點驅車，離開爪哇，其實昨晚幾乎沒睡，3點起床整理，推算晚上12點才能回到山上，來的第一天與回去的最後一天都是摸黑，這一趟路真不容易啊！順利於中午前抵達雅加達機場，早已經飢腸轆轆，先抓緊時間覓食，跟西爪哇的食物又截然不同，感覺西爪哇離我更遠了。

　　此行，最正確的決定是坐商務艙，因為回程我人幾乎癱了，舟車勞頓以及身體的不適，能好好擺平睡上一覺是多麼享受啊！對了，順道一提，往常坐飛機，都點輕食或海鮮餐，這次我居然捨棄海鮮餐，點了牛肉餐，我潛意識肯定受到食物的打擊，然後，我又想吃泰式蝦了，但我的牛肉餐根本還一大份，忍不住又跟空服員加點，空服員說只剩雞肉餐，頓時，我眼前兩份大餐，看著食物，只是看，不是真的那麼餓，而是，一種渴望，渴望看到像樣的食物吧！彷彿有一個心靈角落得到了滿足。

0418 星期四 熱
紀念品

　　凌晨一點才回到山上，20幾個小時的交通時間，人都沒電了，拖著疲憊身軀沖熱水那一刻，啊！12天了，熱水貫穿身體，有被充電的感覺，好舒暢、好滿足，不僅人回來，連精神都回來了。

　　從印尼爪哇帶回來三個小土瓶，是僅有的紀念品，CP值超級低，三個折合台幣70塊。是我昨天逛菜市場時，突然想到，此行什麼紀念品都沒帶，以後要用什麼懷念爪哇呢？於是隨手在路邊攤抓了三個小土瓶，今早，放在小院子的桌上，我想，以後在山上也會讓我想起爪哇的生活，雖然短短12天，但相信會永生難忘。

0419 星期五（穀雨）涼爽
造林第六年

　　四月份，進入種植的季節，又開始在山坡上補植樹苗，今年造林進入第六年了，每年總在這個時候盤點山坡上的樹，多數的樹都很認份在沒什麼肥份的土地上生長，日益茁壯，我也是；有些樹承受不住又旱又貧瘠，枯萎了，那就再補植，只要逐年下降補植數量，我便也就滿意了，連著三年補植都在一千棵以上，今年送給大地的禮物是七、八百棵，總算是減少，代表留在山坡上的樹增加了，期望明年繼續下修。

　　不得不說，這幾年補植多虧有工人阿山，阿山肯定是山神派來幫我實踐造林大願的使者，跟了我工作四年，沒吵過要加薪，沒說過要出去玩，休假也只待在園區，穩定性快要跟這座山一樣了，他愈種愈上手，愈來愈知道種植的樹穴要排除石塊，增加存活率，每每樹死了，不免語重心長跟他說：「種樹很辛苦，天熱、蟲多、爬上爬下，要種活，不要種死，不然姐姐要一直種一直種，姐姐很辛苦，你也很辛苦……」發現他懂了，第一年種樹時，隨便挖個洞就種下，也不管樹穴底下是不是有石頭。有時，我還會疑問怎麼挖個洞這麼久？才知，有些石頭看不出大小，排除不易，有時，無法排除，挖到一半的植穴也只能放棄，每每聽到從山坡傳來金屬敲打的聲音，那是用手工具在排除石頭，知道他認真種下每一棵樹，很欣慰，種樹真的很辛苦，一個人在山坡上掛一整天一點都不好玩，尤其，這個時節大熱天、下雨天，三不五時還會出現蛇，還好他喜歡蛇，可以跟蛇玩一下，還不忘跟我「分享」，但我真心希望他可以「獨享」就好了。

　　我的執著就是為了將這裡還地於林，能得償所願在造就一片森林後驕傲地退休。

0420 星期日 熱
黃梅

一整天都和梅子為伍，清明時出遠門，尚且是青梅，13天後回來已是黃梅，連著兩天滿地撿梅，今天找來工人徹底將樹上的黃梅採收，滿屋子梅香，今年銷售沒往年好，有些客人因為我不在而沒來買梅，只好自己努力作加工品，作到我頭昏腦脹，加工品數量創下歷年來新高，貪玩的下場。

0421 星期一 晴
屋裡安全

晚上，傳來有感地震，雖然有感，但我並不覺得很晃，才知，花蓮頗為嚴重，自從住到山上後，地震不論大小，我都一樣待在屋子裡，山上可不比都市，晚上烏漆嘛黑，出去更可怕，四甲地就我一戶人家，乖乖待在屋子裡反而安全，好好睡覺，沒有第二想法，不像住在台中時，還要思考是不是要跑出去，以免房子倒塌之類的。

0423 星期二 晴
寶寶

昨晚作了一個夢，我抱著一個寶寶，在我的懷裡睡覺，緊閉的雙眼貼著我胸前，很柔軟，我捨不得將他放下，一直抱著，看著他，周圍人來人往，但他依然安穩睡著，夢裡的我幸福感油然而昇。

這兩天正在校稿 2023 山居生活，赫然發現四月，居然作了類似的夢，去年的夢境我沒接過寶寶，今年我將寶寶擁入懷裡，令人玩味，記得在我人生大轉彎的那一年，我迎來一個寶寶，真真實實的寶寶，工人在山上產下一嬰兒，每天看著嬰兒讓我忘卻了孤單的悲傷；開業那年，另一工人又生下一寶寶，伴隨著寶寶的哭鬧聲，我的生活也開始忙碌起來。人生將轉變時便出現寶寶，現在想來，去年三月母親走後，四月我即夢見寶寶，但我拒絕了他，就像拒絕生活的改變，今年我接過了寶寶，是否意味著我的生活將有所改變呢？

後記：萬萬沒想到接下來的生活真的有很大的轉變。

0424 星期三 雨
雨露均沾

早上，台北與台中朋友分別傳來訊息，下大雨了，問我有沒有分到雨？答案是「沒有」，早上天氣依然晴朗，我和工人還去對面宮廟幫忙整理花圃，修剪樹枝，以前老主人還在時，花圃井然有序，曾經我還採了不少李子呐，才兩年，一大片藤蔓蓋住了樹，不少樹都枯死了，李子樹也不結李子了，桂花樹也被鋸得矮了一大截，原本很美的環境，期待不久樹木能再欣欣向榮。

下午，天空暗了，三點終於下了一場大雨，兩小時，剛好，緩解近日乾旱，最近種下的樹苗得以雨露均沾，我也鬆了口氣。

0425 星期四 雨 / 停電
告別過去

　　這次是這幾年我間隔最久回台中的一次，21 天 (湊巧符合 21 天效應？？) 想想，印尼之旅無形中的收穫不容小覷，它似乎鍛鍊了我的心志，我不再像以前那麼「必須」回台中，甚至心無掛罣台中，曾經的心心念念，如今顯得雲淡風輕，要不是為了明天預約好的刺青，應該可以更久才回台中。連隔壁阿姨看到我停好車都特意停下正要進門的腳步來跟我講話，我想，這整條街大概只有這位鄰居阿姨還會注意到我有沒有回來吧！而我確實想不要再回來了，開車的路上，我一直在思考這趟回來，該作個決定，將房子出租，徹底讓自己沒有回來的藉口，全心在山上，給未來的 8 年全部的我，夢想在哪裡，人就應該在哪裡，不是嗎？

　　想著想著，眼眶溼了，終究是捨不得這個家啊！店的生意不好，前題是我甘願了，沒開這店，我不會甘願，沒有走到這一步，不會有下一步，離開台中是我的下一步了，我再沒有理由回來，一陣鼻酸，已淚流滿面，它承載太多太多我生命中起浮，卻又安定我的靈魂，謝謝這棟房子在我最困頓的時候守護著我，讓我在孤獨的飄渺中得以停靠歇息，不至於流離失所，在經濟上也一直給予我支持 (沒錢了就用它再去借錢，一直借、一直借，只借不還，我想這輩子都不會還錢給銀行了，因為始終入不敷出。) 哪天真的告別這房子時，我一定叩別它，謝謝對我的照顧，曾說：哪天要處理這間房子時就是我已經窮途末路，很欣慰不是走到這步，而今，我想暫別它，為了讓自己再往前跨出一步，真正告別過去。

有時不免想，一件事背後真正的意義是當下所不知的，當真要我作連結，印尼十幾天促使我離開台中二十幾天，當中不知道印尼給了我什麼？那是我無法解釋的決定，彷彿人生季節在此時此刻要換季了，回來後我毅然決然的「捨」，不會相信，4/2才換臥室新冷氣，那時我人在山上，跟好友大熊(他老公是冷氣師傅)說：「我還能吹冷氣幾年？當然要用最安靜的品牌，睡眠對我很重要。」4/5回家看到新冷氣，滿心歡喜，邊整理行李邊吹冷氣，好安靜，舊冷氣吵得我經常睡不好，很滿意貴森森的冷氣，不愧是金大牌，前一台的價錢都沒這台的一半，也用了二十年，這台應該可以陪我後半輩子了，誰知，都還沒吹到第二次，就決定離開台中家，自己都不可置信，這個家一直是我的「全部」，四年前出走印尼，果然現在才結束旅程，真的歸零了，將打包我的全部，出離這個家，展開我人生下一段生命旅程。

後記：2019年2月從印尼回來，我啟動了造林大願。連著兩次從印尼回來都有人生大事，甚妙。

0426 星期五 毛毛雨
與森林共生

　　刺青一直都覺得離我好遙遠，這輩子應該都不會做的事，更沒想過會在 50 幾歲時刺青，這件事要從去年說起，有天去朋友工作室霧眉，聊起他老婆是刺青師，於是多聊了一會兒關於刺青的事，她主要是「微刺青」領域，意即針對小圖案，當下隨口說，我也要來找個圖案刺在身上，經過整整一年，我並沒忘記這件事，相反地是一直在思考這件事，關於圖案？以及當真？我確定當真後，請刺青師幫我排時間，又是一個月後，時間拉長的好處是，就像猶豫期還可以反悔，畢竟是長長久久的事，萬一後悔，又不是紋身貼紙，水洗一洗就清除了。

　　讓人猜，我要刺青的圖樣？一面倒都是猜「花」，花似乎已經與我畫上等號；第二名就是「花舞山嵐」四個字，我倒沒想過把自己的品牌刺上身，我身上的配件都是花舞山嵐，夠了；再猜，則是數字（例如：8536）呃～這個嘛……等我失智的時候，刺上兄弟姐妹們的電話倒是不錯的作法。哪怕只是一個小小圖案，我也是經過深思熟慮。

　　好吧！我最愛是樹，原本只想刺一棵樹，想著想著，變一片森林了，一開始小史幫我畫一棵樹，距離預約刺青的時間約莫一週，臨時跟小史改圖，請他畫一片森林，或許是自己潛意識渴望趕快擁有一片森林所致，也剛好這個時節正在山坡上種樹，此時在手臂上刺上一片森林，時間有點巧合，那感覺就像我化為土地在身上種樹與森林共生，我問刺青師多久會褪色？她說：約莫 8 年，顏色會淡很多。我回：正好，8 年後我便離開山林（退休），屆時會有一片真正的森林永遠烙印在我心中。

0427 星期六 間歇小雨
逆境

　　一早從台中回嘉義，受邀參加兩個活動，早上藝文活動，下午主母聖誕千秋晚宴，中午朋友請吃飯，都是人情，突然覺得出來江湖混是要還的。其實真不愛參加活動，但人情世故我懂，你敬我一尺，我敬你一丈，誰叫我人還在江湖裡打滾呢？

　　始無前例，今天抱著胃吃了五種腸胃藥，因為沒有一種可以舒緩症狀，只好把所有的腸胃藥吃一輪，今年或許煩雜的事較多，很容易就出現胃不舒服的現象，累計吃的腸胃藥應該抵得過過去 50 幾年的加總，身體總是很直接反應出生理狀態，讓我想到樹為什麼知道什麼時候要開花、結果、落葉，它靠的是「溫度」，想像樹就像一根大溫度計，高溫、低溫、溫差還有逆境促使它產生生理變化，而身體不會說話，跟樹一樣，逆境讓身體出現變化是最直接的反應。

0428 星期日 雨
做自己

　　下雨，工人休息，感覺滿好的，沒有人，我又可以靜靜做自己，還有做想作的事，將桌上的梅子搞定後，雨也停了，天氣特別涼爽，去花園森林裡散散步，看看樹群，傍晚再去跑個步，歲月果然靜好。

0430 星期二 晴
梢楠

　　有企業捐贈梢楠苗，開放給私人請領，我領取了 200 株，今年的苗比去年的苗大上兩倍，漂亮許多，昨天下午去苗圃載回，今天一早便喚阿山去邊界處種植，去年種下的苗至今也就今年領苗的大小，真沒成就感，種植梢楠的地是三年前失而復得，因此，還一片赤土，期待新植的梢楠不久能有一片光景。

五 月

在觀音菩薩前作大禮拜,聽金剛經,懺悔的同時也請求給予我指引,這年我有了造林大願,而我相信 菩薩就在時間的恆河裡,才會誘發我走向山林。

五月

0501 星期三 雨
打包

　　回到台中家，一進門一樣是看見「捨不」兩個大字，今天的回答是「捨」，從來沒有想過我會「捨」，所有過去的捨不得都緣自於太愛，「情執」一直是我最大的罣礙，在我人生最困頓的時候都沒想過要出租或賣了這房子，寧願手頭拮据讓它空著，以便我人回台中時有個地方能安置我的靈魂，經過 6 年半，傷口不知不覺已被埋到很深，像樹的癒合組織，漸漸地傷口被週圍的組織覆蓋，別問我心靈傷口什麼時候會修復？不會，傷口不會修復，只會被覆蓋，用一層一層的組識將傷口愈埋愈深，深到看不見，然後「重生」，此時，我的心靈在森林多年的療癒下，已經不須要再一個空間來存放它，可以勇敢遨翔於天際，它將有一趟遠行，家，會一直默默守護著祂，去吧！邁出大門，整個世界都是你存放心靈的空間。

　　今天跟姐姐借了工人回台中家開始打包，我自己完全沒辦法打包任何一件物品，這應該是有始以來最難打包的一次，這個家住了快 20 年，在我人生最低潮的時候，它給了我依靠，無法想像當時的我沒有這個「家」要怎麼撐過？回到家，雖然只剩下我一人，但那種安定的感覺是外人無法理解，在上週作下決定後，接下來便要積極打包，沒有走這一步，不會有下一步，只有繼續走才能發現桃花源。

　　晚上坐在窗邊寫文章，依然那麼舒心，很棒的房子，真想賴著不走，萬分捨不得，這輩子最愛的「家」非它莫屬。

0502 星期四 晴 伙食
火花

在山居生活中，我最少寫的篇幅應該是「伙食」，說到底我們的伙食乏善可陳，始終的一主食、一配菜，除了之前有提到食無肉的階段，後來開始營業，伙食好一些，慢慢地，紅肉、白肉種類也愈來愈多元，偶而客人訂餐，我們也跟著加菜，倒是今天的餐桌有一道是始無前例的菜色，感覺工人們眼睛都亮了。

蝦子，少數時候買些白蝦，也只能用配給，通常一人3尾，昨天朋友送來一些烤泰國蝦，我倒是從來沒買過泰國蝦在餐桌上，太奢侈了，難得加菜，晚餐我照樣分配一人3尾，阿山這臭小子，一副垂涎三尺，嚷嚷：「全部分掉啦！」女工在一旁竊笑，換我高8度了：「什麼全部？省著點吃。」後來算了算，全部分掉也就一人4尾，就全部分掉吧，今天晚餐因為泰國蝦的出現讓平常安靜的用餐時間有了一點喧囂。

0503 星期五 涼爽
搭帳蓬

今天是一個奇妙的日子，接連來了幾位朋友，其中一對是濟公夫婦，從布袋騎機車到山上，我自以為他們會住下來，但客房已不夠，於是我先搭好帳蓬，準備讓他們晚上留宿。

每次搭帳蓬就覺得我這個營主很糟糕，根本不會搭帳蓬，卻同時還要教工人怎麼搭，兩個人兩小時才搞好一頂帳蓬，結果濟公夫婦說他們並沒有要住下來，只是來看看我，真難過，花了一番功夫，居然沒有派上用場，為了讓我的成績亮相久一點，決定三天後再拆掉它。

0504 星期六 涼爽
小道消息

　　高中同學夫婦來，很快地跟這天所遇見的客人打成一片，每次看見同學、朋友與客人熟稔的互動都覺得他們比較像主人，而我除了客人來去打聲招呼外，多半時間以「不打擾」為前題。所以，就算來很多趟的客人，我不見得知道他們的職業，但同學們往往繞了一圈花園走回來，就可以告訴每位客人的職業，甚至身家背景是什麼，真覺得任何人都比我適合當莊主。

　　今天得到的小道消息是，唯一一組露友說，原本是要訂上方露營區，但客滿了，所以訂到這裡，沒想到只有他們一帳啦！這種大家都滿帳，我只有一帳的小道消息是經常有的事，這不就是捨我其誰嗎？

　　昨天南海老師帶一些團員們來玩，順便過上一夜，今早上無意間聽到住七人房的團員在說，昨晚螞蟻多的驚人一點都不假，昨晚我去加床時，廁所一大群螞蟻很忙喔，跑來跑去，完全無視眾人存在，我都難為情了，只能自己找台階下，裝可愛，甜甜地笑說，晚上睡覺可別被螞蟻偷偷搬走哦！

　　其實到處都是螞蟻，我房間也不少，只能說拜山林歲月所賜，我已見怪不怪，就隨便它們吧，不要趁我熟睡把我抬太遠就好了，不然醒來打赤腳可不好走呀！

五月

　　這是第二次，有人問我，最後會走上出家這條路嗎？第一次被問及這個問題時，有點抗拒，覺得怎麼可能？我行我素慣了，出家要守戒律，不是想出家就出家，想回家就回家的；再次被問及這個問題，我沒有任何想法，會不會不是我說了算，就讓答案隨著時間浮出；從印尼回來，我毅然決然出離台中家，捨下最愛的家，那是我自己都無法解釋的決定，又或者根本不是我的決定，愈來愈不知道等在我後面的是什麼？但現在，我覺得紅塵依舊美麗。

0505 星期日（立夏）陣雨
型男主廚

　　不知從什麼時候開始，「紅油抄手」對我有著無法抗拒的誘惑力，只要在麵食館看到這四個字必點無疑，往前推敲應該是在澎湖念書的階段，曾經吃到一碗滿滿紅油的抄手，爾後，再怎麼吃，也沒記憶中的美味，這兩天，同學先生自告奮勇接掌廚房當主廚（以下簡稱型男主廚），剛好冰箱有昨天朋友留下的兩盒餛飩，我指定來碗「紅油抄手」吧！連著兩天，型男主廚依我所陳述的口味料理，今天我描述得更仔細，主廚希望能喚醒我沉睡的味蕾，我將一盤吃光光，卻依然不是記憶中的味道，或許我根本也忘了記憶中的滋味到底是什麼，只是執著著那滿滿的紅油與澎湖的歲月，但講實在，已經比坊間很多麵食館貼近「滿滿的紅油抄手」了。

　　因著我口中「滿滿的紅油」型男主廚有了靈感，為紅油抄手寫了一首打油詩：其中，我喜歡「滾滾紅塵」象徵餛飩在紅油裡滾了一身紅油，也喜歡在滾滾紅塵相遇的感覺（雖然是食物），給型男主廚一個讚。

我在滾滾紅塵裡，遇見了你
你凝視我，將我端起
深深親吻我。
我雖在紅塵，卻不染俗事
仍保有單純一顆心
獻給你我的全部。

中午一群常客來中餐，有型男主廚在，當然輪不到大廚我上場，由於這兩天冰箱裡的菜不少，主廚發揮不少創意，那是我平常不會煮的菜色，像醋溜馬鈴薯、肉末豆薯、薑汁涼拌海鮮、鮮蚵烘蛋……我只出一道特色湯品「梅子雞湯」。型男主廚唯一不滿意的是，我臉書的發文裡，他居然沒有露到臉！那誰知道「型男主廚」有多帥？

原本想在小院子用餐，但天色陰沉，正中午飄起雨來，於是將用餐地點移到景觀台，剛好山嵐起來，美不勝收，飽餐後大夥散散步再度回到景觀台喝咖啡聊是非，四點鐘，下起一陣傾盆大雨，像水潑進平台似的，將眾人淋個落湯雞，一群人趕緊撤離，進屋躲雨，擦乾身體，才20分鐘，雨停了，老天真愛作弄人啊！

原本一早想拆帳蓬，沒想到工人休息，結果下午一場大雨，帳蓬成了溼帳，我真後悔為什麼要放三天呢？又得再曬一天了，還得看明天老天賞不賞臉吶！

0507 星期二 晴
邊陲地帶

今天到邊陲地帶種植梢楠，這塊地之前種植牛樟，因為土層的關係存活率低，但可見周遭樹已拔起，去年底請怪手稍為翻土，今年改種梢楠。走到邊陲，路已好走，往上看，往下看，都有種植上的難度，往下看簡直陡得不像話，不得不驚嘆，當年工人是怎麼辦到的？沒有他們不可能有今天拔地而起的樹，深深環顧四周，今日因著地勢種植梢楠，想必將來能行走在梢楠林下，沐浴在翁鬱蒼翠中，形成一幅美麗的風景。

造林是一條不歸路，放任不管不出一年就是荒煙漫草，心血都白費，要管就是不斷養它，前題是它不會有產值，只有付出再付出，金錢、心力、勞力，常自嘲，作心酸的，但看著樹苗成樹、成林卻有一種成就感，我想，這就是夢想迷人的地方吧！

0508 星期三 晴
紀念品

昨天回台中家繼續打包家當，一半了，看著過去過度消費的紀念品，有些是共同的歡樂，有些則是引發衝突的不悅，如果可以重來，我願意放棄我那執著的購物，換取兩人的和諧，眼前再怎麼喜愛的物品都裝進箱子裡，這一封，何時再打開不知道，封起來的又豈止是那一次又一次旅遊所帶回來的紀念品，更多的是過去。

今早起床前，突然有一個思緒閃過，或許不會再回來這個家了，這次搬走，很有可能就此搬走，不少人問，我退休後應該會想留在嘉義吧？其實，退休後最不想待的地方就是嘉義，嘉義是

我人生中的戰場,哪一個退役軍人想再回到戰場上的?還是會選擇回台中,但誰知道?我連會走到今天這個地步都不知道,遑論八年後。深深地看著兩人的相片,六年半了,我終於有勇氣拿起兩人的合照,丟進垃圾桶。

0509 星期四 晴
繪本封面

跟小史同事4年,這兩天大概是我們最像同事,一起辦公,他在廚房,我在客廳,為的是繪本的封面能直接討論,速戰速決。

我先給小史一個封面的概念,那是一座森林,一個女生側坐在馬背,一群動物跟在週遭,陽光灑落在樹林間,背光的呈現讓所有的動物形成了黑色的樣貌,而女生沒有表情的臉在光影下透露了一股傲慢……最後小史的草稿畫出了截然不同的風格。

阿蓮娜娜打赤腳側坐在白馬上,任馬在森林裡漫步,完全沒有防備的狀態,很自在。週圍跟著許多動物行進,有鳥、豹、狼、大象、鷹、精靈等,每個動物各有代表的義意。

小鳥停在手上代表信任,將自己交付給森林。
豹信步而行代表獨立自主,作自己想做的事。
狼隨侍在側則代表熱情、執著,朝目標前進。
大象是專門來運材(財),所以要兩隻才夠。
鷹展翅於高空中飛翔,代表歡喜與高瞻遠矚。
(樹)精靈音同「心靈」,前導代表心靈的牽引。

至於看不到的都躲在森林裡了,什麼蛇、蜜蜂、老鼠、阿貓、阿狗……

五月

0510 星期五 晴
螞蟻

離開山上三天，中午回來一進房門，遍地螞蟻，黑鴉鴉一片，床頭也正行進一連部隊，還有地板、牆角，倒處都是螞蟻隊伍，真受夠了！晚上睡覺真怕被它們抬走，這次，不知天亮會在哪醒來？生氣了，跟螞蟻誓不兩立，下戰帖了，明天一早走著瞧。

昨天晚上來看房子的年青人，一進門先說：「我身上有多處刺青，但不是壞孩子⋯⋯」我打斷他的話，表示，我也有刺青，那不代表什麼，或許多數人還是會對刺青的年青人貼上標籤，連我50幾歲了都還有人覺得觀感不佳；今晚他帶同住的家人一起再來看一遍，一致很滿意通過，在刊登12天後，順利出租囉！

0511 星期六 晴
觀世音菩薩

昨天從台中家帶回的觀世音菩薩，一時之間還不知要安置何處？左思右想，今日請菩薩將就客餐廳，待我新居所建置好再移尊就駕。

今年，我開始有驛動的心，甚至去看了房子，當年搬進這條街，也就一處集合式住宅，全部12戶，我應該算住進這條街的前10名，經過二十年，這條街已經上千戶，兩棟大樓就像衛兵一樣，而停車成了我最大問題，就像是一個誘發我搬家的藥引子，於是，我開始每次回台中便燃線香問菩薩：「該何去何從？我失去方向了，請指引我，我們一起走，祢帶我走，我帶祢走，走去哪？祢決定，祢說了算。」內心的渴求不知有沒有半年，一個契機去了一趟印尼

回來,卽毅然決然出離台中家,夜深人靜時不免想,其實作決定的不是我。

這尊白瓷觀音是落難菩薩,祂的食指斷了,因此我得以用很便宜的價格請到,買的當下,便告訴自己「接受不完美」,日後我也確實做到,「不完美的生命才能造就完美的人生」完美的人生就是不完美,不是嗎?從此我便帶著祂,浪跡天涯,和祂心靈溝通人生大事成了經常,與其說和祂溝通,不如說是和自己的內心溝通,有時候我不知所措時便將自己交出去,請菩薩幫我作決定,其實是讓時間作決定,當我不斷思索同一件事,時間總能在恰當的時候給出答案,2017年底我人生驟變,2018年卻是我人生的轉變,有一段時間幾乎每天在這尊觀音前作大禮拜,聽金剛經,懺悔的同時也請求給予我指引,這年我有了造林大願,而我相信菩薩就在時間的恆河裡,才會誘發我走向山林。

0514 星期二 晴
就不會

隔壁阿姨似乎知道我要搬家了,走向我,問:「要搬家啦?」我點點頭,整條街也只有這位阿姨還會跟我說上兩句話。她問為什麼?我都不好意思跟阿姨說,每次回來都找不到停車位,找不到停車位就很想哭哭,如果、如果,你們家的車再往前停20公分,只要20公分,我的車再貼近你家車尾,就可以安穩停自家門口,就不會後車斗老是影響裡面用戶車輛進入車庫,就不會老是被說能不能再往前停一點(再往前一點就撞到了啦),車子就不會被惡意檢舉,就不會想搬家了⋯⋯但,阿姨家的車停在自家門口正中央,規規矩矩,一絲不苟,我怎麼也開不了口,如果提出來,變成我無理要求了。

這個房子曾經救過我的命，剛搬來前幾年，有一天晚上，東摸西摸混到 11、12 點，正躺下要睡覺，頭都還沒碰到枕頭，就像有一股神秘力量把我拉起來，無意識的便往樓下走，一直下到樓梯口，看到瓦斯爐上的鍋正乾燒，冒著煙，整個人才驚醒過來，快二十年了，這件事始終記憶猶新。

0516 星期四 晴
叩別

早上山上大哥來幫我載走一車家當，隨後小史也幫我載走一車，大部份的行李都運走了，看著空蕩蕩的屋，心想該是叩別房子的時候，於是跪在大門前，三叩首，謝謝家神二十年來的照顧，無限感激，請繼續照顧住進這個家的人，叩別後，說也奇怪，我好像放下了什麼，二十年的牽絆就像斷了線一樣，我想，家神也在跟我告別，並且給予我祝福。

在我搬了 20 幾次家後，以為這輩子都不會再搬家了，以為台中家會是我人生最後一個家，誰知，終究還是搬離了我認為不會搬離的家，世事難料，這回，我不敢說，不會再搬家這檔事了，就讓一切心隨意轉吧！

0518 星期六 午後小雨
擋子彈

　　今天在山上醒來，很快地我將每天在山上醒來，不用再環顧四週才知道我人在哪？這一週阿山（工人）跟著我下山、上山搬家，來來回回不知多少趟，回到台中讓他暫住附近套房，離開兩天後才被告知他房間冷氣沒關，算算冷氣費數幾百元，本想好好唸這臭小子一番，但一早便去噴殺草劑的他中午返航時，眼睛腫得只剩一直線，都張不開了，可憐，又被蜂叮了，被蜂叮成了我們每年的功課，只是今年似乎來早了，而他的功課總是比我多，念在他老是幫我擋子彈，冷氣費一事就不跟他碎碎唸了。

　　晚上和知心同學聊起，房子租掉，多了一筆收入，不無小補一事，再怎麼小補，橫豎都是入不敷出，我的爛帳別說貼己的同學不知，連我自己都不想面對，這幾年下來，貸款、工人薪資、生活開銷、吃喝玩樂、修東補西、添購這那、雜七雜八，扣除營收，平均每年自己還要再貼一百萬左右，同學說我辛苦了，我回不辛苦，很刺激，反正有銀行當靠山，哪天真撐不下去，就提早「打烊」囉！想想，如果沒有這個農莊，我應該可以吃香喝辣，相反的，為了養這個農莊，倒經常吃土。

五月

0520 星期一（小滿）涼爽
人生相逢何必曾相識

　　慧子姐是我臉書好友，自從我開業後，增加不少臉書好友，多數從未謀面，少數結伴而來，慧子與我互相追文好一陣子，雖不曾接觸，但透過文字，我們並不陌生，這次慧子與我相約，一早她來我台中家搭我便車一起回山上，這趟也將是我最後一趟行李，屋子裡的細軟搬得差不多了，20天，來回10趟，將能裝箱打包的物品帶走，帶不走的就留下，留不下的就丟棄，住了20年的房子，用20天打包，慢慢抽離這個家，讓溫度也慢慢散去，該是轉身的時候了。

　　由於慧子的專業是穴道按摩，於是晚上請她幫我作身體放鬆，舒解這陣子身心的疲勞，在按摩過程中感受身體所要傳導的訊息，右手臂長期施力，肩胛骨呈現彊硬；右拇指一碰就畏縮，長期的疼痛一直把罪過推給手機，經過探究才知道是長時間拿剪錠鋏剪樹枝已經讓大拇指變形並且造成職業傷害；坐骨神經也發出警訊……，未曾謀面的我們不但一見如故，還袒裎相見，有道是「人生相逢何必曾相識」。

0521 星期二 午後陣雨
公告休園

　　公告一下：5/22—5/31 休園

　　那個……送水果、送飲料、送東送西、拿東西、買南北、喝咖啡、聊是非的好友、主顧們，莊主姐姐又要去坐飛機，休園10天喔！

0522 星期三 午後陣雨
謝謝「家」

　　來看房的人，一眼就愛上了，他說找房子至今沒看過這麼漂亮的房子，這麼好的屋主，一進屋就感受到房子的溫度，今天他們來簽約，明天就要搬進了，我將該準備的準備妥當，盡量打理到乾乾淨淨，讓將來住屋的人有非常舒適的感覺，是我唯一能為房子盡的最後一點心意，承租人覺得我比較像在嫁女兒，所有的家電一應俱全（電視、冰箱、微波爐、電子鍋、開飲機……），連床都鋪上乾淨的床組（這應該是職業病造成的），還有寶寶的洗澡盆也準備了，小摺自行車、電動自行車、淑女自行車（根本就是在辦嫁粧），更別說一堆不足掛齒的鍋碗瓢盆，他很不可思議，從沒遇過這樣的出租人，這種屋主絕版了，開玩笑說乾脆一次簽30年好了。

　　他們不知道這房子對我的意義，我租的不是房子，而是一個家，我一直很感謝這個房子所給予我的一切，在毫無預警決定出離這個家的同時，我甚至感受到它的鼓勵，買了機票，9月，要去遊學一個月，謝謝這個房子讓我有勇氣出走，明天凌晨我將暫時告別這個家好長一段時間。

　　接下來這個家也將告別沉寂，重現生氣，有小孩、有新生兒、有小小狗，有3對一起打拼事業的夫妻，可熱鬧了，我把一帆風順（船）給他們，將招財貓留守，希望他們下次再搬家是存夠錢買房了。

　　臨走前，從頂樓往下逐一再巡視一番，向每個空間道謝，謝謝五樓晾衣間讓洗完的衣服能遮風蔽雨或充滿陽光的味道；謝謝四樓客房接待朋友們住宿，住過的旅人都很滿意所散發的溫馨；

謝謝三樓主臥室總讓我能安心睡上一覺，有個大浴缸，疲累時還可以泡個澡，你們是我最最溫暖的懷抱；謝謝二樓廚房陪我煮過無數頓美食，特別享受這個空間；謝謝二樓客廳招待一批又一批親朋好友與客人，也是我最愛待的空間；謝謝一樓客廳，一進門就能感受到美好的磁場，安定一進門的心；謝謝地下室收納無數雜物，讓我不用斷捨離。

二十年了，在這房子我走進婚姻，感受到溫暖的家，婚姻也從這個家出走，之後陪伴我渡過無數晨昏的是這個房子裡面的溫度，對這個房子只有滿滿感謝，沒有它作為後盾我撐不下去，曾經，我一直不知道什麼時候可以離開「家」的枷鎖，甚至以為這輩子會住在這個家，一直到老到無能為力為止，出乎意料，從決定搬家後，便如火如荼打包行李，前後兩週，反倒是引來周圍不少親友的關心我怎麼了。謝謝「家」在我強壯後，支持我出離，別了。

0523 星期四 晴
貴賓室

凌晨，告別房子後，隨即前往機場，就像往常我只是要去旅行而已，並沒有太大的感傷，反而有一種被房子祝福的感覺。

正要進機場貴賓室，過卡時，櫃檯人員告知我，有可能會被收取 750 元哦！我說，不會吧！刷卡有超過額度，正打電話確認過程中，一位女士拍拍我的肩，說，別麻煩了，我可以帶人進去，沒有人數的上限，跟我走！一進貴賓室，我們即分道揚鑣，就這樣混吃了一頓。

0524 星期六 越南熱
待房子如子

房客傳來他們搬進後,將屋裡鏽蝕嚴重的水龍頭擦拭得光亮如新的照片給我看,告訴我,他們待房子如子,讓我放心他們將善待我的房子,我很清楚知道,房子從交出那一刻起,它便不再是「我的」房子,而是「房客」的房子,他們怎麼對待房子,我倒也沒那麼在意,只是,我相信,能善待房子的人,房子必會安定其心。

0527 星期一 越南熱
與時俱進

今天新房客傳來有些傢俱不用的照片,問我回收嗎?這些傢俱都舊了,但堪用,有點不捨,那點不捨來自歲月的刻痕,終將走入回收場,原以為可以留用在原處,但年輕人講究快時尚,寧開奔馳跑車也不買房,我面對的是一群不同世代的人,花一點錢可以用新的東西,幹嘛用舊的?

想想6、70年代的我們是「省」出來的,當年與T白手起家,沒有任何金援與背景,憑藉著勤儉,開源節流,逐漸買房買地,東西沒有用到最後一刻不會任意丟棄,一直到現在,我仍保有物盡其用—算美德吧,我想。

漸漸地,年輕一代成為市場主流的同時,新世代在告訴我,要與時俱進就要接受「變」與「認同新思維」,至於那點不捨,就一併清運回收場吧!

0529 星期三 越南熱 / 台灣雨
問題背後的問題

我的房客又傳來新的問題給我,我開始思考「問題背後的問題」,我當房東許多年,剛開始的磨合不是沒有,但當問題持續產生,並且有不同聲音出現時,那就不是一般問題了,而是背後的問題。

人與房子的拉扯?人與人的拉扯?我一直都相信,會出現在生命中的人,哪怕只是來喝杯咖啡都不是偶然,更別說會住進我房子的一群年輕人,是房子在等他們還是我在等他們?打結了。

有趣的是,我始終沒開口請鄰居家的車子往前停一點,方便我停車,沒想到新房客倒是提出了,老鄰居的我,覺得若提出這個要求顯得無禮(理),新房客才住三天倒是很好意思開口,竟也如他所願。

0530 星期四 越南熱 / 台灣雨
沒有紀錄的旅程

不是每段旅程都能寫出動人的詩篇,也不是每種溫度都寫得出來,結束 8 天旅程,沒有特別記錄,就是一段與姐妹們溫馨、充滿歡笑的 38 旅行,許多歡樂在追趕行程中發酵,發笑。

硬是在凌晨 1 點半拼回山上,這次因為台北至台中坐了接駁車,回到山上時間雖晚,但精神還可以,不像上次印尼全程交通時間很長,拼回山上整個人虛脫。

0531 星期五 涼爽
小毛驢衝出紅門

今天很得意，我獨自一人開手排小貨車下山驗車，這是我第三次開小貨車出大門，前面兩次自己都不放心自己，總帶上工人同行，以防萬一還有人可以「代駕」，這次，覺得應該要克服心理障礙─「18歲就會開了，只是現在不敢」，於是把「不」拿掉後，小毛驢衝出紅門了！YA！像冒險一樣，充滿刺激。6年半了，終於獨自駛出紅門（農莊大門）。

小貨車在農場裡扮演很重要的角色，經常性噴藥、載運都必須倚賴它，而我倚賴工人開小貨車，小貨車儼然與我不熟，前面4年，我完全拒絕與小貨車同框，曾經還請客人幫忙移車，後面2年，我願意學習了，如果自己的車都無法移動，那它的存在之於我或我之於它有意思嗎？於是朋友開始教我開手排車，帶我上路、練習，他覺得我上路沒問題了，但我仍沒勇氣開上大馬路，勉強在園區上上下下還行，但僅止於此。載貨、驗車都還是要麻煩朋友，今年四月，又到了載樹苗季節，往年都是白馬王子（皮卡）代勞，但並不那麼便利，我意識到必須學會駕馭小毛驢，往後日子還很長，要盡量靠自己，今天，驗車最後一天（甘願了），看著小貨車，難道我不能獨自行駛下山嗎？到底有多怕？

雖然排擋掌握得不是很好，全程只熄火兩次，對自己很滿意外，不禁想，為何我抗拒了大半輩子？

六月

　　人都不見得知道誰才是自己的最愛，自以為的最愛也會看走眼，蟲倒是不會看走眼，檀香、沉香、烏心石……各有所好的昆蟲，專一的愛，這一季將要吃光它們所愛。

六月

0601 星期六 涼爽
求婚

　　王大哥與姐姐這週末來渡假，通常我們會一起晚餐，然後聊聊天，姐姐說王大哥很喜歡吃我煮的菜，我猜想是王大哥人好，要鼓勵我，不然我的料理真的很家常，其間我們聊到「失智」這個話題，說到一個故事：失智的老先生一直停留在求婚的階段，每天都問太太：「你願意嫁給我嗎？」王大哥突然靦腆反問姐姐：「如果有那一天，我也每天問你『你願意嫁給我嗎？』你會怎麼回答？」姐姐笑而不答。大哥80幾，姐姐70幾，突然覺得時間回到了過去，王大哥正在跟姐姐求婚吶！

0602 星期日 傾盆大雨
全新視野的家

　　因為傾盆大雨，所以有時間整理從台中家搬來的家當，不然從越南旅遊回來後每天忙得團團轉，也不知何時才有空檔，看著箱上的標示，我選擇先將貝殼紙箱打開，貝殼在這一堆行李中是最不實用卻對我最重要，邊洗貝殼邊自我調侃：「沒有這些貝殼，我人生還有什麼樂趣？」一顆一顆沖水，然後點名：蛙螺、扇貝、船蛸螺、偕老同穴、維娜斯骨螺……顆顆賞心悅目；其次選了不得不的衣帽類整理，數十袋有，多虧女工幫忙收拾，不然我肯定在衣堆中被淹沒。

六月

　　而面對工作室堆積如山以及塞滿整個客用貨櫃的我的家當，不禁想，這樣也不是辦法，總得安置它們，它們井然有序，我的生活也才能井然有序，我必須有一個專屬的倉庫，還要重新打造一個全新視野的「家」，左思右想，倉庫容易，倒是「家」，該怎麼呈現？該座落何處？未來的八年，說長不長，說短不短，生活該有生活的樣子，在森林裡活出美感是我想要的，那種跟著樹一起成長，聽樹說樹，看著花開花謝，在落英繽紛中讓生命換季……一次閒聊將這個想法說給山上大哥聽，他給了我一個建議，真是給了我「全新視野」的家─山景第一排，就是一樓景觀台，萬萬沒想到，景觀台日後會成為我的家，太意想不到，這件事就有勞山上大哥後續的興建，太期待了。

0603 星期一 涼爽
魚池苗圃

　　這是今年最後一批樹苗了，跑到魚池苗圃去領苗，訂苗時人尚且回台中，心想有回台中時順路繞道還行，魚池是特意選的，哪知才一個月，我的人生有了大轉彎。

　　一早眼睛睜開便去載苗，跑了那麼多個林業署苗圃，魚池苗圃算是最好找的，沒有多擔誤時間，來回四個小時，外加一個臭小子說要送姐瓜，讓我到他公司櫃檯去領取，懂不懂送禮送到家裡啊！又多了一個小時，要不是看在卡蜜拉(瓜的名字)的份上，姐真想踢飛他。

　　早上睜開眼睛便開始開車，開了 5 個小時，回來剛好接著睡午覺。

0604 星期二 午後陣雨
水費

　　接到台灣自來水來電告知，這期用水量 78 度，明顯爆增，我回知道，因爲我很認真在用自來水，在水費與電費用水(用馬達抽山泉水進水塔)中，我一直不知道該如何取捨？於是這一期我嚐試以自來水爲主，但事實證明，自來水的進水速度是不足以應付我園區用水，山泉水還是扮演了很重要的角色，結果就是兩個月的水費 1500 多，難怪台水要來電告知，還真不少。

0605 星期三(芒種) 午後陣雨
一鍵刪除

　　男女之間真的很難成爲朋友嗎？有時跟某位異性走太近，就會被問及「關係」，甚至被猜疑，真不喜歡這樣，要被懷疑也來個高富帥，那些鼠輩眼裡只有阿貓阿狗，我連回答問題都覺得沒面子，我的世界不在這座山，但這座山有人卻看這裡是世界，看完落落長的質疑訊息，真想是一張紙，可以馬上撕散讓它隨風去，別擾我，可惜，現在什麼都電子化，一鍵刪除，少了一點快感。

0606 星期四 雨
人生劇本

　　新書到了，山居生活(3)2023，不才我出版的第 5 本書，時間很快，又一年了，只是今年來晚了，延宕至今才拿到書，好書多磨啊！雖然我的書不暢銷，但我仍然繼續記錄山居生活，繼續出版，樂此不疲。

有時覺得很像在寫劇本，活生生的劇本，所有在電視上看得到的情節幾乎都有，看不到的情節也有，有勾心鬥角、有善良溫馨、有困頓、有幫助、有支持、有不以為然，誰走進我的生活、誰又離開我的生活，人們進進出出，事情來來去去，喜歡的、討厭的、悲傷的，朋友、同學、客人、親人、工人、鄰居、房客、工作、休閒、旅遊、寫作……串起我一天又一天的生活，很忙，卻又有很多屬於自己的時間閒散，這齣連續劇還要播8年，期待人生劇本一年比一年精彩。

0607 星期五 涼爽
蒼蠅大軍

又開始了與蒼蠅搶食的季節，每餐都像在趕火車一樣，趕快吃，吃快一點，不然不是被蒼蠅偷吃，就是我會連同食物一起被蒼蠅抬走；不久前是螞蟻雄兵，這會兒換蒼蠅大軍，真生氣它們不斷騷擾我的生活。

連著兩天檳榔林載進一車又一車有機肥，如果一趟20包，那麼至少有500包以上，左鄰才下完肥，又換右鄰，蒼蠅像出閘門的野獸到處亂竄，無法無天，難得很久沒有露友上門，今天唯一的一帳，原本要露兩晚，傍晚時間告知，蒼蠅太多，食物一打開就被滿滿的蒼蠅覆蓋，已經抵擋不住，要棄械投降，撤退了，完全可以理解，山居多年，不是沒有陣痛期，那種一窩蜂襲擊而來黑鴉鴉一片蒼蠅，令人起雞皮疙瘩，曾經被這些「小輩」（蒼蠅、螞蟻、蚊子、小蟲）挫敗到很想遠離山區，每年的夏天就是被蟲叮咬，不是這裡腫就是那裡癢，一年還復一年，跟蒼蠅等小輩搏鬥數載後，倒也接受是山居生活的一部份，那種恐慌與焦燥不安早就煙消雲散，取而代之的是愈戰愈勇，一直到夏天結束，我將籠罩在蒼蠅烏雲下，老天啊！給我蒼蠅清淨機吧！

0608 星期六 午後陣雨
山居生活(3)跋

山居生活(3)是第一本有文學家幫我寫「跋」的書,胡民祥博士,所以不只有我的內容,還有博士深厚的台文書寫,以往拿到自己的書,都不太敢看,近情情怯吧!這次一拿到,首先翻閱博士內文,印成書後再讀的感覺不一樣,更真實。

博士所寫跋,全文2萬多字,用文本觀的方式書寫,前題是必須充份閱讀文本,而後再逐一加以詮釋,非常耗時費神,尤其博士不是單就閱讀所寫跋文的書本,是連同前面我所寫的書一併閱讀後,有了通透了解,才著手書寫,博士認為寫了序就是要對讀者負責,所以有必要了解前面幾本書內容,以博士身份地位大可不必如此,但凡一個人有所成就,從細微處可窺探,那時距離新書出版的時間很緊迫,央求博士至遲一個月能給我序文,我很羞愧提出這樣的請求,為了不擔誤博士太多時間,還請博士簡短書寫即可,萬萬沒想到竟是文本賞析了。

只有一個月的時間,要閱讀5本書和寫序,真覺得是強人所難了,後來得知,博士回美國後,身體微恙,但仍掛心應允為我將出版的書寫序,硬是拖著身子伏案疾書,趕在我們約定的時間交付,再次愧對博士,概略陳述博士的寫法,以下引用博士內文:

這篇序(跋)也,就以「文本觀」方式寫,所致,先小談文本觀。佇1967年,盧蘭巴套(Roland Barthes)發表:The Death of the Author,意思是講也,作品(Work)一發表,作者(Author)消失去矣,主要是主張讀者(Reader)對作品有詮釋權。佇1971年,盧蘭巴套再寫一篇:From Work to Text,紹介「文本(Text)」觀。簡單講,「文本」是「讀者」解讀「作品」,所得著的「內涵」,參「作者」可能有精差。誠實也,

有濟濟讀者作伙來審美，一堆死死的文字也，就會唯作品裡活跳起來，產生多樣多彩的文本內涵。

很喜歡這篇跋，它讓我(作者)消失，換博士(讀者)來詮釋我的文章，博士用「深情美學」來形容我的日誌，很喜歡這四個字，這四個字將我也包含進去，也寫到我的母親，很貼切地將我與母親連結。

咱按呢想像，阿蓮娜12年矣，猶是守佇這遍山林，到底是啥款的心境，啥款的「心理質素」佇咧，或者是「硬頸」吧，彼款客家人的特質，阿蓮娜媽媽是客家妹，硬頸孤單一人晟養4個囝仔，攏人人有成就。

最後博士從美國捎來的祝福與肯定，我收好好的放在「心」囊裡，滿滿的感動。

她佇花園佮山林的日常生活是一層表象，內裡充滿人生哲理、悲傷、歡喜、重生、情傷、堅韌心境，滿滿愛心；這款種種質素合合作伙也，形成一股澎湃的力量，鼓舞阿蓮娜向前行再向前行。阮欣賞阿蓮娜非凡意志佮成就，阮心敬佩，阮深深祝福她。

0609 星期日 午後大雨
狂人

露友來跟我聊天，約莫20分鐘，從一片檳榔林快轉到現今的花園森林，最後他看著皮卡問我，是我開的嗎？換我看著皮卡，開心地說：「是唷，它是我的白馬王子。」最後，他下了一個結論，我是一個狂人，我更正：是瘋狂的人。不管是狂人，還是瘋狂的人，都是因為熱情、熱愛、熱衷。

雖然連假，但我的客人寥寥無幾，送走客人，中午便關上大門翻牌公休，幫我送食材來的老闆夫婦說雖然下雨，但山上好幾處露營區都滿了，我覺得總要有人當最後一名，我願意一直當最後一名，讓倒數第二名安心，我自嘲能一直生存到現在，無非就是因為我生意一直不好，一直公休，沒有成為別人的眼中釘、肉中刺，也因為坐穩最後一名，不會成為同業競爭對手，所以我可以一直自由自在，只希望無災無難到我撤退那一天。

0611 星期二 雨
流浪

一早又是十幾趟的有機肥載進來，非得讓整座山充斥在糞肥中就是了，估計整個夏天是不能接客了，連我都想逃，感覺是給自己放假最合理的理由，。

搬離台中家後，這是第一次要回台中過夜，突然有點寂寞湧上心頭，今晚將落腳何處呢？我準備了整套寢具，將 30 吋行李箱塞得鼓鼓的，感覺要開始浪跡天涯的歲月，我並沒有懊惱，相反地，有種迎接新生活的挑戰，對於自認為戀家的我而言，流浪本身就是一種出離，而出離是我給自己的功課，我決定今晚將去睡套房，管理十幾年的套房，終於輪到自己去住了。

與何同學相約豐原火車站見，她來辦事，而我是司機，辦完事後，我們倆又一塊鬼混，從豐原混到台中，再到兄長家拿我訂製，請他家代收的杯子，這一混又 8 點了，有點懶得回最熟悉的陌生套房，索性在兄長家住下，為了不麻煩兄嫂，我一樣拿出早已準備好的寢具舖床，這是我第一次在兄長家過夜，雖然各自開

枝散葉，但手足們依然居住在台中，不太有機會在誰家過夜，躺在床上，雖然陌生，但家的感覺就是不一樣，下次再去住套房了，晚安。

0613 星期四 小雨
毛毛蟲

橙帶藍尺蛾幼蟲吃光了幼小的羅漢松，紅肩粉蝶幼蟲佈滿檀香葉，正努力進食中，都覺得這些昆蟲怎麼知道哪棵樹是它的最愛呢？人都不見得知道誰才是自己的最愛，自以為的最愛也會看走眼，蟲倒是不會看走眼，檀香、沉香、烏心石⋯⋯各有所好的昆蟲，專一的愛，這一季將要吃光它們所愛的葉子，經常一個季節就可以啃光一棵樹，進而一批樹（所以混合林是有其必要的），幸運的話，在幼蟲成蝶（蛾）離樹後，樹葉能再度旺盛，有些樹來不及光合作用下便成枯枝，目前沉香是確定留不住的樹種，可惜了，這麼好的樹種，幾年下來終究沒撐過，而檀香岌岌可危，兩香成長速度都不及蟲蟲吃它們樹葉的速度，所以別小看昆蟲的無腦，它們的能力超乎我們想像。

與工人阿山工作了整個下午，在較緩坡種樹，他種樹，我整枝，其間來了一陣大雨，我沒放下工作的意思，他自然也跟著繼續工作，半小時後雨停了，全身也溼透，距離下班還有 2 小時半，有點折騰人的時間，算了，就一股作氣吧！人生難得幾回溼。哦，對了，順道一提，下午在邊界種樹，交界處通常雜木橫生，在雜木堆中竟有一個巴掌大的胡蜂窩，阿山無意間驚擾了，群蜂往他整隻手臂撲來，我目睹他連連倒退，幸好他穿了厚長袖，兩小時過去，他還精神抖擻，應該是沒事了，自從去年我被蜂叮到昏倒，現在對蜂比較謹慎一點，感覺他又幫我擋了一次子彈。

最近這種天工作其實還滿辛苦的，又是雨又是太陽，還要穿厚長袖，蚊蟲又特別多，阿山總是整個臉都包到只剩下眼睛，這我就沒辦法了，厚長袖還可以，最多是加頂帽子，因此我經常被蚊子叮得滿頭包，又或者將全身噴的都是驅蟲劑，蟲還沒死都覺得自己快薰掛了，工作中兩隻橙帶藍尺蛾幼蟲（約莫5—6公分）從我帽緣眼前直線垂降，我想到「尖叫聲」，只是想，叫也沒有用，今天應該有看到上百隻毛毛蟲同時啃著檀香樹，密集恐懼症的人想必會當場昏倒吧！

0614 星期五 午後小陣雨
農用工具

送打草機及鍊鋸去維修，老闆一見鍊鋸七零八落馬上沒好氣問，誰用的？當然是工人呀！老闆第三句話就說了：「這麼『給小』，拆成這樣，螺絲呢？擋煞也燒成不樣話……」然後開始碎碎唸，怎麼糟蹋工具的！太『給小』了，老闆又說了這兩個字，有道是子不教父之過，我趕緊跟老闆解釋，不能怪工人，他不會用，我教他，但我自己也不會用，就上次跟你買，你告訴我怎麼用，我回去再告訴他怎麼用，可能我「教」得不好，導致出錯了，終於老闆不再鐵青著臉，因為是他沒把我教好。看著擋煞全毀，老闆說，換新1500，既然擋煞不會用，就廢了它，我贊成，反正所有的工具到工人手上都會傷殘，少一個功能是一個。

這個老闆已經是我維修過農用工具中最好的一位了，他一視同仁，沒有因為我是女性而有差別待遇，因此雖然比較遠，但我還是願意跑一趟，他是真的修理東西，而且收費是我修過有始以來最便宜的一家，之前我總是便宜行事，就近維修，那個就近

的老闆維修就是換新零件，每次一看我送打草機去，就開始碎唸我們怎麼用的，機器都沒有在保養、噴霧機也能用壞，叭啦叭啦……然後說我的土地很大哦！最後一定是剝我一層皮，我也認了，我連自己都不保養了，還保養農機具咧！所有的農機具對我來說都太不可愛，壞了，多花些錢維修我甘願，至於要我教工人怎麼保養就免了。

0615 星期六 晴
百密一疏

下了整週的雨，難得的晴天，還出大太陽，一早便和阿山上山坡繼續種樹，今天的坡很陡，是去年土石滑落的區塊，連站都很吃力，隨時都有可能滑下，阿山又要拿工具又要拿樹苗，而我的工具就是兩把剪刀，阿山的工作比較高難度，看到眼前這片陡坡，內心再度感謝，沒有他的協助，沒有辦法成就這片山林，除了初始的第一年造林他沒有參與到，接下來幾年的補植都靠他，他已經在這片土地種下數千棵樹，而我所能做的就是繼續守護這片土地一直到成林。

10 點豔陽高照，明顯感到背脊上的汗水不斷流下，我滑下山坡，走一小段林蔭，吹吹風，看到原本固定樹苗的竹竿傾倒，順手拔起，還堪用，便拎著走回補植的山坡邊，那裡有小貨車，可以放在車上，拖著竹竿的右手，突然一陣刺痛，我尖叫了一聲，同時放開竹竿，是木蜂，躲在竹竿裡的黑翅木蜂螫了我，太大意了，平常很留意竹竿裡的木蜂，偏偏就是百密一疏。還好是木蜂，手腫腫，藥擦擦，疼個兩三天也就好了，今天自己中彈，今年第一叮，希望也是最後一叮。

許久未見劉老師，我的露營區記錄保持人，早上來電，說要來寫記錄（第10露），一個露營區10露，給足了我面子。園區的樹日益長大，若非走到景觀台，看不到遠方夜景，而我竟也許久未見夜景，倒讓劉老師給分享了，夜景，依然沒變，美麗，只是我的視野變了，兩年前還能站在自己的露台上欣賞萬家燈火，自從樹長大，取代原本的夜景後，變欣賞夜間樹景，我的視野就像萬花筒，數年，每天的路徑一樣，看到的卻千變萬化。

0617 星期一 晴
老太婆

　　天氣漸漸熱了，出趟門都懶，朋友約吃飯也覺得為了吃頓飯下山很麻煩，想回台中看看朋友，一想到開那麼遠的車就意興闌珊，想不出什麼讓我下山的動力？除了工作所需吧！上週修工具，今天到竹山載竹子，連順道晃晃附近景點都沒勁，此刻的我就像一個老太婆，力不從心。

0619 星期三 午後暴雨
前擋玻璃

　　擋風玻璃在數月前，工人打草時被彈起的石頭噴到，形成一個小蜘蛛網裂紋，那時開車要從打草旁邊經過時，還猶豫了一下，心想不會那麼剛好吧！就是這麼剛好，硬生生在我眼前「叩」一聲，幾秒後，眼睜睜看著蜘蛛裂紋慢慢產生，唉！有些事就是不要賭嘛！繞一下或叫工人停下不就得了，為了這一秒賭注，輸了1500元，天生賭徒性格。

都不知道還有玻璃修復這種東西，不久前車子進廠保養，技師說，裂紋還小 (範圍約 50 元銅板) 趕快去修復，以防萬一不可預期的事發生，我就皮，又拖了一兩個月，今中午與小老弟用餐，我嘮叨著，天氣很熱，特地下山來吃飯真折磨，但我想，你一定有事才會找吃飯，什麼事？快說，姐很忙！結果真的沒事，就是想姐了，我說，這不是折騰老太婆嗎？不就吃頓飯，非得來回三小時，這三小時姐睡午覺，養顏美容不是很好嗎？你想姐，打個電話不就得了……他聽我一付要開始碎碎唸，馬上將視線轉移到我車前擋風玻璃的裂紋，說，不然去修復玻璃，這樣就不會覺得下山白跑一趟了，誒，這話打動了我，拖了好個月都懶得去弄，「有做到事」讓我覺得沒有白費時間下山吃飯，真不知道，我到底有多愛做事呀？！於是，在他的推薦下我去了簡直是變魔術的店，這技術太神奇了，整個過程很像在補牙齒，20 分鐘搞定，修復後，確實很難發現裂紋，這頓飯把價值吃回來了。

　　回到山上，一踏進門，竟下起了暴雨，詭譎的天氣。

0620 星期四 熱 / 夜雨
不得不

　　原來我可以一直不用下山，自從撤離台中家後，若非不得不，不然不下山，但似乎三天兩頭就有「不得不」的事非得下山不可，今天就排定到高雄科工館看商品陳列區，拖到中午也吃飽、也午休會兒，不得不出門了，才甘願起身，下午三點到高雄，儀錶板顯示外面氣溫 38 度，什麼天氣呀！一下車，熱浪迎面撲來，感覺要站不住了，還是山上氣溫可愛多了。

因為接連開了幾天的車，有點倦，此行便找朋友幫忙開車，路上聊起沿途景點，才發現，這幾年，我真不愛玩，哪兒都不想去，只對工作有熱忱，潛意識知道，玩的快樂已死，只剩皮相，所以，玩，引不起我的興致，至於出國，是讓我的軀殼離開工作，讓心靈有一段旅程。

0621 星期五（夏至）熱
流浪

　　管理套房16年了，自己從來沒住過，今天有事回台中，晚上安排住套房，我想總要住那麼一次吧！只是，在外面混了一整天，都9點了，還沒想回去，心裡或許有點抗拒，我知道面對沒有溫度的房間的孤寂感，今晚，有流浪的感覺，行經台中家只有100公尺，轉個彎就到了，在想，要不要繞過去看一下家門？是因為想念？還是想回去？好像都沒有，覺察後，還覺得自己出離得很成功，真的沒有眷念，反而是意念回到當下的「面對當下」。

　　混到一身疲憊，拖著行李箱進套房，看著數年一手經營的房間，我居然用「沒有溫度」來形它，攤開行李箱，舖上自己的寢具，真的累了，有睡意卻無法入睡，躺在床上，眼巴巴看著天花板，孤單似乎是我的宿命，入夜了，馬路上的車呼嘯而過，原來聲音這麼大，以前客人總問，臨大馬路，車聲會不會很大？我總是安慰的說：「不會啦！窗戶關好，隔音效果還不錯。」但夜深人靜，那種瘋狂急駛而過的引擎聲浪直撲腦門而來，好幾次，感覺要入睡了，又被驚醒，對於睡覺不能有一點聲響的我而言，無疑是種考驗，此時想起山上的夜晚，安靜伴隨蟲鳴，舒心好眠。

0622 星期六 晴
相思樹（二）

　　3/24 帶回來的相思樹目前看樣子是住下來了，新枝條看起來滿健康的，希望地下根部也能強壯起來，也希望三年後能枝繁葉茂，以後可以在自己的農莊撿拾相思豆，更希望那時我還有撿拾相思的浪漫情愫。

0624 星期一 熱 / 午後豪雨
哀悼貝殼

　　一直都相信，生命中會出現的人絕不是偶然，或許是當下短暫的因緣，也有可能是幾年後才顯現出來的緣因，例如：認識 T，17 年後才知道，目地是要把我帶來這座山，實踐前世許下的造林大願，因為這個因緣太大了，所以必須用 17 年來顯現；認識老夫婦，在一年內來花園 20 幾次後，我突然有所感悟，於是我每週回家看母親一次，一直到母親往生，20 週沒有間斷；認識櫻花林夫婦，一開始只是單純的喝咖啡聊是非，後來他們將自家的檳榔林砍除，找我在在這片土地上種植櫻花，對我而言是一種肯定，原來這才是相遇背後的緣因；一開始認識濟公，是朋友介紹，說作風水，讓生意好些，其實我並不那麼在意，但濟公熱心，後來，不只和他，而是和他們一家成了好朋友，一年後才知道相識是為母親百年後的儀軌舖陳……以上的他們並不知道，相遇的背後我所感知（謝）的。

今天，曾經來過的客人（柔），應該有兩年沒來了吧，突然帶朋友來造訪，她說，很臨時也沒多想我在不在，就想帶這位朋友來這裡。席間我與柔交談，一旁的朋友並沒有加入，只是默默地看著手機，一會兒，柔跟這位朋友說這裡很漂亮，不妨去外面走走，這位朋友起身，椅子往後一拉，不偏不倚擊倒後方的玻璃瓶（我因為很小心這個貝殼，就怕進進出出的人多給碰到，特地放在角落，後來，這個位置也不少人坐過，甚至都沒人注意到它，我認為是安全的，也就沒再移位，沒想到，終究給碰倒了，莫非真是莫非定律？）那個玻璃瓶裡有我最愛的貝殼—巨蚌船蛤，玻璃瓶沒破，破的是貝殼，我真希望相反過來，能夠有獨立空間的貝殼都是上上之選，這根巨蚌船蛤是我屬一屬二的最愛，我經常要跟人介紹它，也是市面少有的等級，它承載著我美麗的記憶，在第一本書中，還記錄它的故事，十幾年前，跟著我坐飛機、坐船、坐車，舟車勞頓，手捧著從鼓浪嶼回台灣的，看著四分五裂的貝殼，對方說要賠我，我不知道要怎麼賠，我怎麼說得出口，這根貌似管子的貝殼近萬元，外加它對我的存在價值，怎麼算？我說算了。

我看得出來她有心事，很嚴重的心事，後來她從外面走進來，坐下後與她聊一兒，才幾句話，她掉下眼淚，眼淚是上天賦與人類最真實的情感，哪怕是魔鬼的眼淚都令人動容，霎那，似乎明白貝殼為什麼會破掉了，我將桌面那堆破碎的巨蚌船蛤推給她，讓她帶回家粘好再拿來還我，也就是賠償了（附帶說明，貝殼的價值在於完整性，就算粘好，基本上沒什麼價值了），若粘不好，一樣把貝殼帶來，做 10 天的工也算賠償，我彷彿感受到一個靈魂藉由打破我最愛的貝殼發出強烈訊號，只是，不太能知道接收到的是天使還是魔鬼的訊息。

雖然打破我最愛的貝殼，當下只覺得可惜了，倒也沒有特別的情緒起浮，可能曾經失去內心的最重要，所以，就算再失去，也比較泰然處之。近年，除了幫母親整理遺物外，也曾幫一位花藝老師整理，那種心境是：再愛的東西，都帶不走，但擁有的那一刻是滿足的就值得了；我因為破了巨蚌船蛤而哀悼它一天，甚至思考整件事，我想，它跟著我翻山越嶺回到台灣，或許就是為了這一天讓我反思，它存在的本身就是意義，早已超越價值，我也該打破對它的價值(格)思維。

0625 星期二 午後陣雨
修復

　　下午接到昨天將貝殼帶回家修復的朋友傳來照片，已將貝殼修復，我直呼好巧的手呀！因為貝殼本身就有紋路，修補後完全看不出來補過的痕跡，很高興它回到本來的面貌。

　　看到相片那時，我正好在工作室前忙葉材，工作室裡有一尊觀音菩薩，祂額頭上的硃砂痣在我請回時便已脫落，順道一提，這尊觀音也是落難菩薩，身上的配件可能在被送走後就摘除，記得我開店那年一直想買一尊水月觀音來坐鎮，看了好些時間，都太貴了，就在開店前幾天，逛了一間舊貨店，看到一尊坐蓮觀音，上面竟寫著「水月觀音」，我笑了，應該是在暗示我放下執著吧！祂比著 OK？我點點頭，於是，我只花了一點錢就帶回水月觀音扮成的坐蓮觀音。有次濟公師父要幫祂補上硃砂痣，但手就是不聽使喚，膠都已經粘得滿臉一蹋糊塗，就是固定不了，我也沒輒，看到照片我靈機一動，馬上回傳訊息給她，請她下次來，幫忙將觀音菩薩額頭上的硃砂痣給粘上，她一口答應，感覺一連串的發生都是天意。

0627 星期四 白晴 / 晚雨
學如逆水行舟

　　學如逆水行舟，不進則退，感覺我應該已經退到下游了。愈來愈懶散，很久沒去上樹木專業課程，特地回台中參加「國際樹木醫學研討會」，今天研討會亮點是日本樹木醫授課，同步口譯，關於所學，我沒什麼雄心大志，只要能管好我那一萬棵樹就好了，知道它是病害還是蟲害？是養份不足還是吃飽太撐？是缺氧還是快淹死？怎麼讓樹平平安安長大，基本的症狀，能自己處理也就心滿意足了。

　　回想五年前，因為種了很多樹，卻不懂樹的知識，覺得無法帶領這片土地的樹木成長，唯有自己先長知識，樹木才能跟著我健康平安長大，於是花了很長一段時間學習，那時上課像鴨子聽雷，很吃力，課後還得要再三複習才略懂一二，如今再聽樹木課程很輕鬆，也才五年，拜樹木所賜，我也成長不少，時間，從來不會虧待用功的人，繼續努力。

　　後座的同學問我職業？我回答，種花種樹。他又問我是相關科系嗎？我回：中文系。他覺得不可思議。是，我也覺得自己不可思議。

0629 星期六 酷熱
打破缸

　　我的巨蚌船蛤要回來了(原由寫在6/24)，那位朋友在隔天便修復好，約好今天送回來，感覺它要回來比任何人來都要讓我高興，我其實一直都有點擔心它跟她回去，能不能安全地回來？我不明白她的世界是黑夜還是白晝？終於，可以安心了。

　　就在我出去公車站牌接她的那10分鐘，回來，遠遠看見怎麼會有人有工作室裡打掃呢？不解，於是直接驅車到工作室前，一踏進門，映入眼簾的畫面讓我有點驚嚇，滿室梅味，桌面上原本兩缸的梅子加工品已破碎在地，梅酒與梅汁，灑滿一地，簡直令我瞠目結舌，到底這短短10分鐘內發生了什麼事？

　　原來客人要找冰箱，於是直衝到底我的工作室，見滿室物品，想找冰箱藏在哪兒？便將手上的食材隨手往桌上一放，哪知，桌子重心不穩，預先拿出來準備要給客人的梅子加工品就這麼硬生生砸落在地，他們也措手不及……有些事就是註定吧！他們的朋友先到，我已將環境介紹過才出門，後到的朋友沒問先到的朋友就算了，我的朋友就在院子裡，他們怎麼就沒想就近問一下呢？逕自跑到大老遠的工作室，而這一切就發生在短短的10分鐘裡，不禁想，身邊這位朋友跟「破」很有緣，她來兩次，兩次都遇到「大破」。

　　客人很客氣，問我怎麼賠償？心想，他們也沒吃到，怎麼賠？也不是什麼大不了的東西，我那麼貴重的貝殼都沒給賠了，最後，就算那兩個大玻璃缸的錢，總不能也帶回去粘吧？！以上是小事，大事是兩缸加起來20幾公升的梅加工品灑落一地的善後是很可怕的，糖佔了三分之一，客人很有心，讓小孩子負責清理，但孩子

就是孩子,那些糖在地上攪了又攪也不是辦法,現在是螞蟻的季節,估計將引來螞蟻雄兵大隊,於是,我請他們放心交給我,我用清水沖刷地板一次又一次又一次⋯⋯

後記:果然,螞蟻不愧為螞蟻,整個月螞蟻沒有停止進來覓食過。

0630 星期日 晴
自由自在

統計上半年的營收,跟去年同時期比較,少了 20 萬,不算少的金額,足見生意在下滑,最大的原因還是我不夠認真經營,愈來愈怠惰,愈來愈力不從心,愈來愈愛自由自在;但我的文字產量卻來到新高,有了相對多的時間記錄山居與心境,失之東隅收之桑榆,想想,我就一個人,要的是什麼?不就是桑榆。

七月

曾經我自以為的幸福其實是個笑話，這輩子最大的遺憾原來是沒有真正的愛與被愛過。

七月

0701 星期一 酷熱
英文課

在我的園區影片中，有一對老新人（故事寫在 2022 山居生活），是我的朋友，太太叫阿雪，先生叫老方。六月中他們從越南回台灣看醫生，一直到這個週末才有空來我花園玩，山上的白天很熱，酷熱，沒有想像中涼爽，阿雪問我有沒有什麼可以幫忙的？山上的活多半是戶外，而她怕熱，怕太陽，偏偏外頭的太陽毒死人了，總不能把客氣話當真，我靈機一動，想到 9 月要出國遊學一個月，就趁這三天，請她幫我惡補一下英文，於是，早中晚各上一小時課，她中文已經算很好的了，但有些時候，我們倆仍對不上頻，這時候，老方聽不下，就會跳出來幫我們翻譯，中翻越、越翻中，他老兄可得意了，坐在一旁打盹，也能發揮作用，說沒有他怎麼辦？所以我們的學習夾雜著三種語言，可吵鬧了。

今晚原本想偷懶的，他老兄見我倆坐在戶外滑手機，問：今晚怎麼還沒學習呢？看來不只是翻譯，還是監督者，只好乖乖來讀書了。

0702 星期二 晴朗
尋找幸福感

載阿雪夫婦回台中，現在回台中會想「要過夜嗎？」這個問題。以前回台中很自然地便是住一晚，現在，留在台中過夜反而成了困惑；載他們辦完該辦的事後，沒多想，人就在台中家附近，繞「回家」，經過門口看了一眼，心中居然沒有一絲絲的漣漪，只覺得這條街更擁擠了，確定今晚不過夜，接著去套房收拾一下上回住過的房間，下一次再來也不知道是什麼時候了。

去了以前常去的黃昏市場，那是還在婚姻中，兩人一下班會一起去採買晚餐的市場，熟食很多，我拖著菜藍在市場裡走著，一條通道走過一條通道，看見以前很認眞賣魚的小姐依然還在原來的攤位上，菜攤、肉攤、水果攤、豆腐攤、擠到爆的壽司攤……攤位幾乎都沒變，我像在找尋什麼，很熟悉的地方，卻又顯得陌生，不知有多久沒來了，逛了一大圈，什麼都沒買到，最後只買了一個手捲路上吃，和一些百香果帶回山上，我感覺我不是來買菜，而是來尋找遺失已久的幸福感。

0704 星期四 午後小雨
活得辛苦

下午去幫附近朋友整理樹，有些已長出圍牆，造成空間狹隘，鋸掉；有些已成枯枝，鋸掉；有些分蘗枝徒長，鋸掉；有幾棵樹已被藤蔓覆蓋，明顯枯枝的先鋸掉，再逐漸將藤蔓拉掉，一截一截鋸，希望抽絲剝繭保留樹的活枝，讓樹繼續長大，其中有一棵鋸到主幹時，發現它原來活得滿辛苦的，一根木棍就在主幹與側枝的中間，已被緊緊包覆，就像一把劍刺穿它，整個主幹也嚴重受傷，爲了生存，它曾經很努力的包覆那根木棍，克服阻礙它的困境，它能做的也只有這樣，樹因爲無能爲力，只有更努力生長，誰能料到多年後，卻敗給不是它能力所及的外在環境（被藤蔓纏繞），是我，恐怕要捶胸頓足。我鋸掉一大段，留下基部上方 50 公分，存活率不大，碰運氣吧！

樹的包容是沒有條件的，它爲了生長，可以將緊緊依偎它的東西，無論大小，小到一個鐵釘，一口吃下，大到一個欄竿，慢慢的蠶食鯨吞，統統無條件包容在自己的樹體裡然後懷抱著它們一起生存，從此就是一輩子，樹並非眞的貪吃，而是它的天性，

樹的成長很慢，如果還要包覆雜七雜八的東西，就要更努力的生長，在還沒開始種樹前，一直都以爲，樹會將阻擋它生長的東西一腳踢開，種樹後，才知道完全相反，所以，要善待一棵樹，樹的包容是人類所不及的。

0707 星期日 午後陣雨
水泥樁

要啟動打造全新視野的家了。

午後的陣雨並不小，卻也沒想休息，早上才開始施做水泥樁，還沒什麼進度，只好下雨也趕些工作，每次做這些土木工作，就覺得自己很像在扮家家酒，雖然我不講究，但也不想將就，我總希望釘板模時能工整些，角對角，做出來的水泥柱也好看些（雖然最後看不到），但阿山總是將就，有型就好；而水泥我覺得稍爲講究一下比例，也不至於每次調出來的泥漿都不同稠度，阿山卻是水泥一倒，水管一拉，水直接沖入桶中，太稀就再加水泥，太稠就再加水，三不五時，灌漿時水泥便從板模縫中流出一大灘，不然就是卡在板模中間，就是很外行，也罷，這樣確實快多了，而做到最後我也都是選擇將就，歪七扭八還能站得穩也算厲害，反正這些工作本來就不是我能力所及，能夠完成就覺得自己很了不起了，結果就是每個水泥柱長得都不一樣，是不是很像在扮家家酒？

今天完成了一半，還有一半，也剛好水泥用完了，待天氣好時再進行第二回合。

七月

0708 星期一 午後豪大雨
午休

　　連著 12 天,朋友輪番來過暑假,算算 5 組朋友,一直到今天才曲終人散,換我過暑假了。

　　雖然每天下午都下雨,但沒下雨前總是熱到可以爆米花的程度,感覺要來放高溫假了,一年熱過一年,一年比一年不耐熱,想想,剛開業前兩三年,都可以不用午休,還得趁工人午休時趕緊外出辦事,以便趕在上工前回來繼續與工人併肩作工,這一兩年,尤其今年,我開始有了午休的習慣,估計是我愈來愈閒散,也或許是體力(年紀)一年不如一年,面對酷熱與年紀的現實,什麼都不必再說,午休就對了。

0709 星期二 傍晚雨
花園音樂會

　　台南,一直是我最大的客源(排名第一),許多客人都來自台南,很感謝台南人對我的支持,終於我有機會回饋台南人了。

　　秋天,花園森林的色彩繽紛,美得像一幅畫作,樹葉在秋風伴奏下颯颯吟唱,宛如一場音樂會,為了與花園森林合奏,我將在秋天的花園舉辦一場午后音樂饗宴,邀請您來共襄盛舉。

　　「台南市愛樂視障合唱團」是由黃南海老師所帶領,與黃老師的結識寫在 2 月初,以及當時應允黃老師將為他辦一場商演,為他的合唱團募款,黃老師已經 85 歲,仍孜孜不倦指導盲人學生唱歌,帶領視障學員走出一片天,一直以來視障合唱團的經費有限,靠黃老師四處募款維持合唱團營運,讓視障學員活出自我價

值，有感黃老師大愛，花舞山嵐農莊義不容辭為「台南市愛樂視障合唱團」辦一場募款音樂會，讓更多人聽見盲人的歌聲，其震憾足以激勵人心以及見證高壽的黃老師仍精神抖擻站在舞台上高歌的英姿。

當天音樂會門票一人 350，門票所得將全數捐給黃南海老師帶領的「台南市愛樂視障合唱團」作為營運經費，而當天飲品、茶點、水果無限量供應，將由花舞山嵐農莊贊助，希望將星光點點匯聚成銀河，您的 350 對我們而言非常重要，邀請您來聆聽花園音樂會，給視障樂團支持與鼓勵。

演唱單位：
台南市愛樂視障合唱團
嘉義縣樸韻合唱團
花舞山嵐首席歌手（放心，肯定不是我）

主辦單位：花舞山嵐農莊、台南市愛樂視障合唱團
協辦單位：財團法人榮脯根文教基金會

0710 星期三 午後陣雨
寫作文

山居友人要參加公務員升等考，其中一項是「作文」，作文讓她頭很痛，我請她抽空來，就我所能指導她一下，從大學便開始教中小學作文的我，一直到現在已經出版五本書，還在繼續寫作中，寫作對我不是難事，但坦白講，教比寫容易多了，我請她在考前先試寫幾篇，不論什麼題目，都用固定的寫法，一定要寫，光聽我講並不夠，寫好就給我批閱，我再就她所寫內容予以指正，

這樣才有效果,她顯得不好意思,我完全能理解,每次送書給人,最怕送的就是「老師」,尤其是我中文研究所的教授們,心想,我寫書的程度在他們眼裡應該是小學生吧!朋友說,萬一她寫出來只有小二的程度,可不能笑她呀!我說:放心,我可以把你拉到小三,我的程度也就這樣了。

關於寫作,滿慶幸不論環境如何改變,生活如何轉折,始終能融入我的工作中,我可能一輩子都不會成為知名作家,但我一輩子都會持續寫作,會一直樂此不疲到老。

0711 星期三 午後陣雨
隙頂

經常會告訴客人去隙頂二延平走步道,很近,也常聽客人分享隙頂的美,可是,我卻從來沒有去過,連入口在哪我都不知道,隙頂,一個我只會去賴老師家的地方,而且是去去就回,我甚至不知道有什麼地方是吸引我的?這座山(阿里山)我只想待在自己的花園森林,以前還有台中家讓我出走,現在,不知道有什麼誘因讓我走出大門?一大清早睜開眼,猶原躺在床上,看見山上朋友傳來隙頂的星空照片,星光點點匯聚成銀河的景象,好美,彷彿我正仰望著星空,仰望了好久好久,這樣就夠了。

生平第一次看雲瀑是在隙頂,驚豔,那時才剛來這座山,充滿了好奇與探索,笑靨總是跟隨著風景移動,才12年,我已經失去當年的熱情,蕩漾的笑聲也消失在山谷中,取而代之的是閉門,眼前寒山笑我遲暮。隙頂,讓我聯想到「白駒過隙」這句成語,時間,會不經意在我多去幾趟賴老師家後,偷走我的歲月,以後,還是少去隙頂好了。

山居生活—心靈旅程 4

0712 星期五 午後豪雨
插翅難飛

明天早上要去中和「六合心家園」作新書分享，猶豫很久後決定今晚先去台北，趁機與同學吃個晚餐，決定後又有點後悔了，很想明早再去，總之，去得有點不踏實。出發，先繞去賴老師隙頂家晃晃，她借走了工人，順道探班，離開後沒多久，賴老師傳來訊息，山上下起豪大雨，先把工人送回了。

坐上高鐵，一路上倒是好天氣，只是，感覺浪費了一天的時間，無所事事，只是為了與同學吃一頓晚餐，想想，似乎也沒那麼必要，放著生意不做，大老遠跑這一趟，有點愁悵，看著窗外，此時只怕是插翅也難飛了。

0713 星期六 午後陣雨
小巨人

這是第三次到「六合心家園」做分享，關於說故事，我越來越得心應手，也越來越自在，同時感受到聽眾的專注，講到某段，有人當場落淚，想必是觸動她心靈一隅，分享結束後，有人上前叫我小巨人，我感到榮耀，謝謝山林給了我巨人的臂膀，讓我有機會站在舞台上訴說森林的故事，真希望我也能開一個說書頻道(Podcast)，說故事給更多人聽，Podcast 列為我年度目標。

因為是公益協會，一樣自討腰包坐高鐵來回(第三次)，同時捐出今日賣書所得，雖然我的負債有增無減，但卻一次比一次付出的多，別人看我不容易，我看別人也不容易，大家都不容易，只有儘可能付出自己的「容易」(時間)，我捐出的不止是金錢，還有我的一日。

經常有人說我住在山上不容易，荒山野嶺的，但我覺得住在台北的人才不容易，我一天看到的人、車，都比我在山上一年看到的多，這麼多的人與車，生活怎麼會輕鬆呢？（聳肩）

0714 星期日 晴
甘願了嗎

賴老師邀我去晚餐，說她心血來潮，菜買多了，新買的米（飯）又香又好吃，一定要我去，盛情難卻，抱著胃痛前去，看她煮了一桌菜，不像兩人份，倒像5人份，果不其然，我打包了大半桌回來當明天中餐。

飯後，我們出去散步，這是我第一次在隙頂的夜晚散步，走在屋舍間的小徑，已見村落燈火熒熒，遠方山嵐飄落，涼風拂面，沁入心脾，醉了，路上遇到鄰居大男孩與他家貓咪，在他家院子逗留一會兒，想與貓咪玩耍，但貓咪自顧自地散步，任我跟在牠屁股後面聲聲呼喚仍不搭理我，顯得我自作多情了，住在村落跟我住在山林的感覺很不一樣，村落有人煙，溫暖多了，山林相對顯得冷峻孤寂，大男孩北漂返鄉四年，才40，我覺得還年輕，一表人才又高學歷，不禁問，甘願了嗎？

我50幾都還不見得就此甘願，40會甘願嗎？不知道，有時候心思少一點，日子好過些，偏偏我總是懷抱著夢想，還想著下下半場人生，終究是在等著離開這座山城，然後四處遊蕩，寫寫小說，閒散過最後一場人生，我愛這座山城，相信比絕大多數山城中的人還愛這座山城，我把自己交付給這座山，卻又想著離開去看世界，內心深處不想後半輩子被困在山中，那種感覺就像和

這座山談戀愛，內心糾葛、欲就還推、才下眉頭卻上心頭，說到底是我自己一廂情願，如同追著那隻貓，山怡然自得，有沒有我陳似蓮，它一樣屹立不搖，所以，甘願了嗎？其實是在問自己。

> 山嵐撩過隙頂，
> 模糊了視線，
> 模糊了困惑，
> 我不是歸人，
> 亦不是過客，
> 是那飄渺，
> 甘願否？

0715 星期一 午後豪大雨
搗蛋

總在要作水泥樁時就下大雨，真怪了！早上明明豔陽高照，趕緊去買水泥，讓阿山作好五個板模，下午才要灌泥漿，一場突如其來的雨將水泥外包裝給淋溼，眼見就要破包，這下不趕快攪拌水泥不行了，到時水泥變成扶不起的泥漿就不好玩了，兩人快馬加鞭，迅速確實，比起上週手忙腳亂，這次效率多了。

完成後，雨也停了，我也溼了，敢情雨是來搗蛋的。

0716 星期二 午後豪大雨
愛樹

　　早上去附近朋友家幫忙噴草藥，下午應她要求種植幾株較大櫻花，她想快點看見樹長大，開花，其實，他們家原本的樹都有十幾二十年的樹齡，甚至三十年，已經很大了，只要好好照顧，每年都可以開很多花給他看，但才一年左右沒去他家，他家的樹多半死了，有些是被藤蔓所覆蓋，有些是過度修剪（或修剪時機不對，當我再度看到時樹已死，不太能正確判斷）。

　　我能理解喜歡樹（植物）卻不諳照顧的心境，只能死了再種，死了再種，那種無能為力與茫然，我自己走過這一段路，造林後我像帶領一群軍隊，許多的問題開始浮現，很快意識到我必須有能力照顧它們，才能將樹群帶領長大成林，於是隔年我便去上樹木相關課程，有了皮毛後，自己放心許多，也很慶幸因為所學還能給予朋友一點點幫助。

0717 星期三 午後陣雨
偷得浮生半日閒

　　台南開便當店的客人小菁跟我訂了4大甕梅子加工品，我因為上週與高雄科工館的外包商店談妥，承租一小格櫃位，今日抽空將要上架的商品給送去，便順道給小菁送農產加工品去，正值中午，我請她幫我準備一個便當，坐在用餐區，滿滿的陽光灑落，很少獨自在外面用餐，享受著當下，好久沒把一個便當吃光光了，真好吃；吃完，她說要請我喝咖啡，從來沒有應客人邀約在外喝咖啡，我很快答應了，突然有一種偷得浮生半日閒的竊喜。

小菁帶我去一間她常去的巷弄咖啡館，她與店家介紹我，顯然他們很熟了，她推薦我喝單品咖啡，但我覺得人生已經很苦了，不想再喝黑咖啡，加東加西的咖啡比較適合我的人生，增添樂趣，我們滔滔不絕說著彼此的故事，很盡興，好像認識很久，其實這是第三次見面，不覺在台南竟已待了3個小時，很開心的午后。

0718 星期四 午後陣雨
歲月

大學時代的我不僅獨來獨往，還缺課嚴重，嚴重的程度是：我出席了就代表全班都出席了。或許如此，以致沒有知心同學，至今連一個大學同學的名字都叫不出來，大學階段似乎直接從人生經歷跳過，那時我其實有很深刻的孤寂感，那種沒有朋友，沒有人懂你，每個週末回家成了期待，就在這個時期我交了男朋友，為愛走天涯也成了蹺課最大根源，原來，我深厚的孤獨功力在大學時代便養成。

畢業後唯一有聯絡的是一位外系男同學，但隨著各奔前程，也幾乎失去音訊，多年後的今天，他帶著老婆前來，這是他(們)第一次來花園，之前總是在臉書上閱讀我的山居生活，終於一窺究竟，再見的我們訝異於時間的洪流，將我們都帶入人生中年，但歲月有情，一二十年未見卻彷彿昨日才見，不話當年，只道山中原本無歲月，同學卻將歲月迎來，攬鏡才知歲月從來都在呀！笑談中將彼此這些年帶過，我的轉變大了些，但也就此時此刻所見，說不容易嘛，好像也沒那麼難，日子在不輕意中也就過了。

不覺我獨自在山中也近七年，萬萬沒想到能撐七年，我跟他們說，第一年時，我完全沒把握能撐過第二年，第二年了，我還是沒把握能撐過第三年，撐過第三年後，我比較篤定應該還可以撐到第五年，沒想到五年也過去，而我也來到倒數 7 年半，應該可以再撐過最後的一哩路吧！撐，一直是我這幾年來的心境。

0719 星期五 晴
採集

五年前造林時種下一批黃檀木樹苗（黃花梨木），猶記得買苗那時，是我對樹還懵懂無知的階段，苗商送來的苗木大小不一，品質良莠不齊，覺得他像在倒垃圾，重點是還價格不低，感覺不太好的苗商，那次後，我買苗謹慎多了，但還是難免遇人不淑，這畢竟是男性市場，嚴格說起來我的性別不論在這行業或在這山頭都是不容易的。經過了五年，月初，無意間發現竟有小苗從泥土中冒出頭了，於是一得空便開始採集樹苗。

這幾天，朋友來訪，下午我帶她去林間體驗採集幼苗，往常都是交由工人採集，我趁機也感受一下，小狗跟著我們的腳步一地走進山林，在太陽下，樹林遮住了大半陽光，沒有赤熱的紫外線，聽著蟬鳴不已，蹲在林中小徑，見著滿地生生不息的小苗，很開心，這片土地能孕育自己的幼苗，這裡生這裡長，碳足跡零，完全與它的生命意義相符，太有意思了，目前採集已超過 500 株，來年補植苗木就是它了。

0720 星期六 晴
科工館

　　科工館傳來我上架的商品照片,雖然小小櫃位,但有一種走出去的感覺,所有商品都是我自有品牌,這幾年,慢慢累積,不知不覺也不少了,什麼杯子、袋子、拼圖、T恤、瑣匙圈……雜七雜八小物,最厲害的還是寫了5本書吧!(雖然不暢銷)但櫃位有限,陳列的商品也只是部份,將種籽撒在高雄,希望多一個城市的人認識花舞山嵐,讓更多人知道,有一個人,我,傾全力默默為地球種樹,我能,您也能,或支持我(購買商品),讓我幫您種樹,一個人的力量不大,一群人的力量不小,讓我們一起為地球暖化儘份心力。

　　也歡迎到花舞山嵐的網站,「商品介紹」區選購,謝謝您的支持。

0721 星期日 午後小雨
螞蟻地毯

　　今年的螞蟻似乎特別多,到處都是螞蟻,我的房間也沒有幸免,除蟻劑噴了又噴,三天兩頭還是遍地螞蟻,三天沒掃地就像踩在螞蟻地毯上一樣,要不是我很認真除它,很有可能早就在睡覺時被螞蟻搬走了;最可怕的是花房(工作室),原本螞蟻就多,自從六月底客人打破梅酒、梅醋,灑了一地糖後,螞蟻更加猖獗,多的程度是一大坨一大坨密密麻麻黑不見底,地板已經水洗多次,噴藥多次,仍然掃不勝掃,快要沒輒了。

七月

0723 星期二 晴
我的王國

　　早上回台中與姐妹們一起午餐,主要是阿雪要回越南了,送送她;順道送了葉材去拍賣市場,搬離台中後,去拍賣市場的次數少了,難得拍賣員走來與我話家常。

　　台中,我成了過客,曾經是歸人,如今卻成了過客,生活大半輩子的都市很熟悉卻又情怯,離開也不過兩個月,一個人遊蕩在高樓大廈林立的都市裡,有一種心被掏空的感覺,我甚至不知道要去哪裡?怎麼連個可以找的知心朋友都沒有呢?好空洞的地方,吃完飯便驅車回山上,我知道為什麼喜歡山上了?因為,只有我,山上的世界只有我一個人,我就是全部,所以沒有所謂的孤獨,而都市充滿了人,卻沒有一個人與我同行,孤獨彰顯了我。回到我的王國,鑽進與世隔絕的世界,心,回家了。

0724 星期三 強颱
強颱

　　昨晚宣佈今天放颱風假,但一早見天色仍秀麗,於是我們一樣上工,約莫9點,雨勢增強,一直到中午才明顯感受到颱風,隨著時間愈來愈肆虐,我站在房門內看著門外景象,樹像鐘擺一樣左右左右大幅震盪,簡直不可置信,兩棵大樹就在我面前瞬間攔腰折斷,我開始擔心這個強颱了。

　　強風挾帶著豪大雨,樹斷了,相較於近日所採集的幼苗,更讓我掛心,幼苗才剛移入盆栽,第一時間沒有蓋上帆布,這樣的豪大雨只怕三兩下,小苗盆很快被打趴,趁著雨勢小些,趕緊衝去雨中儘可能將小苗盆蓋上,感覺風將我的身體吹得歪七扭八,

站都站不住，大雨也讓我的眼睛幾乎睜不開，小苗就那幾片葉子，只怕強颱還沒走，已經一片不掛了，只能祈禱，大樹小樹皆能挺過這一關，這關過了，大家都會更強壯。

進入傍晚，果然如預期停電了，颱風天停電已經習以為常，點上蠟燭，還能寫寫文章，倒是沒想到只停了三小時，比預期的早來電，感覺可以找部電影來看，颱風天看電影一直以來都覺得是絕配。

0725 星期四 狂風暴雨
樹傾倒與折斷

昨夜裡又停電了，一直到現在（傍晚）仍然不來電，不來電，影響著我手機訊號，因為基地台用我家的電，我家沒電，它也發射不了訊號，只能等待飄來的微弱訊號。眼看筆電電源即將告罄（8%），只剩手機還有些許的電，突然想到行動電源，很久沒有用行動電源了，開始翻箱倒櫃，找出所有的行動電源，哪怕只有一格也不放過，手機維持到天亮是沒問題，但訊號很差，要透過臉書發文「山居生活」，讓關心我的親友們知道山上狀況，原本想將強颱造成的景象用幾隻短影片呈現，但檔案大了些，傳一小時仍傳不出去，只好改貼兩張照片，然後等待飄過的訊號，順道帶上我的訊息傳出去給我的粉絲們了。第一次發文這麼千山萬水。

這次強颱，帶來的雨量是我待在山上有史以來最多的一次，早上趁著雨小去園區巡視一番，少數樹傾倒或折斷，倒的多半是成長較快速的樹種，像桉樹，當初就是因為它長的快而在較為貧瘠的區塊種植，而貧瘠的原因主要是沒有土層，在這種情況下，上面（莖葉）長的快，下面根扎不夠，大風一來就倒伏可以理解；

而折斷的樹種則是木質較缺乏彈性以及下枝條較高，造成重心不穩，狂風暴雨一折騰，攔腰折斷也在所難免，順道說明一下為什麼要調整下枝條，為了空間，會將下枝條修剪至離地面較高的樹多半是在休閒區，也就是人來人往的區域，整體而言是增加空間感，也兼顧乘涼，以及避免陰暗面，結論就是，不管傾倒或折斷，都無須傷心，逝者已矣，接下來的工作就是處置它們，該扶正扶正，該鋸斷鋸斷。話說回來，相較傾倒的樹，優秀的林木還是佔多數，屹立不搖。

這次強颱把一年的雨水在一天中都倒完了，令我嘆為觀止的是，豐沛的雨水造成園區多處的瀑布奇觀，簡直蔚為奇觀。

0726 星期五 狂風豪雨
借電

多希望眼睛睜開就看見電來了！卻仍然是有風雨無電力的一天，走往大門勘查完路況，右端不少檳榔樹已倒，進而壓垮我的樹，也有檳榔樹整隻倒伏，橫跨馬路；另一端，則有一棵大樹從山壁邊倒下橫跨馬路，樹冠則倒進我的造林區，所以，現在是出大門的左右兩端皆被樹給橫阻，還好，我通常是往右，下山，我的白馬王子可以輕而易舉跨越檳榔樹幹，放心多了，沒有被困住。

前天早上採回來的香水檸檬一直晾在廚房，趁著早上的風雨在廚房作加工，聽著外面狂風大作，呼呼呼，廚房地板被雨水從門縫給濺的滿地，天花板也莫明的滴水，到處溼答答，只要踏出這個門，就是全身溼，總之，就是裡裡外外連同人都溼得徹底。想想，沒電比沒水好，沒電的不便可權變性高，沒水的不便麻煩許多，水與電對生活太便利太重要了，撐得過早上，應該撐不過

下午,眼看手機又要沒電了,聯絡山下朋友,中餐後若還不來電,就下山借電去。

　　始終相信應該會來電,兩點了,死心吧!此時雨小,趕緊帶上所有的行動電源、手機、筆電跳上車,沿途大大小小落石、坍方,水流湍急,不少橫跨馬路的倒伏樹幹已被鋸斷,有些樹則傾斜,探出馬路上,滿地的落葉、樹枝,颱風後的景象永遠是觸目驚心。到了朋友家,倒出一堆全沒電的用品,算算三個行動電源、兩個手機、一個筆電、一個手電筒,充了兩個多小時,雖然沒有全充滿,但筆電有充飽已經很滿足了,可以支撐我夜晚的精神食糧,寫寫文章比什麼都好打發時間,剛好有一隻手電筒可以照亮鍵盤,比起昨天微弱的燭光,清楚許多。

　　有些朋友覺得我該準備一台發電機以備不時之需,但我完全不覺得有必要,一堆農機具已經讓我夠傷神了,一根蠟燭就可以解決的事,何須再搞一隻「機」來煩自己,停電畢竟是少數時候,偶而感受沒電的時光對我而言並非難事,反而是那些有的沒有的「機」對我才是苦差事。

　　黑暗,是心靈沉澱很好的時刻,或許是一個人住久了,對於黑暗並不是那麼害怕,就算在一片闃黑中我的作息依然如常,「我的如常」並不難,就是晚上寫寫文章,睡前看一下旅遊節目,旅遊節目沒看也沒關係,所以,點蠟燭敲鍵盤就像生活的「火花」別有一番情趣,況且還能下山借電充筆電,這樣就夠了,至於發電機就免了吧!

回家的路上，仍然懷抱希望，希望駛進紅門便能看見家裡的一盞燈，結果並沒有，看來今晚依然是燭光與我共同渡過停電的夜晚，進門後，送上一個行動電源給工人，我想，這是停電時最好的禮物。

0727 星期六 涼爽
善後

　　一早，我的世界恢復光明，終於來電了，兩天半已經是有始以來停電最久的一次，冷凍庫撐到最後一刻，保住了食物，早上網路也回到正常，但一到下午，整個訊號回到前兩天，像在拜天公，只能等待飄過的訊號，想發文哪那麼容易，枉費我颱風天的山居生活每天都很精彩；也能洗熱水澡了，真舒服（因為是電熱爐，所以有電才有熱水）。

　　天氣轉好，帶著工人開始善後，鋸了不少倒伏的樹，也修剪不少披頭散髮的枝葉，還被大蜈蚣(7—8公分)爬上脖子，還好沒有被咬，不然我就要罷工，基本上我罷工無關緊要，阿山不要罷工就好，他要是罷工我就要坐在地上哭了，做了一天紮紮實實的苦工，累死姐姐了。

0728 星期日 涼爽
幫忙善後

　　早上去對面的宮廟幫忙善後，我自己的園區還一團亂，但自從阿拔（廟祝）走後，他女兒—佩姐接下廟祝的工作，真覺得難為她了，她不諳花草，甚至不愛曬太陽、怕毛毛蟲，連拔草都抗拒，那些植物、雜草對她而言無疑是一種壓力，昨天颱風後，她從市區家上山巡視，所見滿目瘡痍，水源管線破裂導致無水可用，植物東倒西歪，她感受到無助而哭泣……受過阿拔生前照顧，佩姐找我幫忙也是應該的，女性要在山區獨當一面，真的不容易啊！

　　以前不愛吃土芒果，嫌棄它纖維粗果肉少，今天在宮廟的芒果樹下看到被颱風打下的土芒果，簡直如獲至寶，好一陣子沒吃水果，開心的撿了一袋青果回家準備慢慢吃，這一袋土芒果總數抵得上過去 50 年所吃的土芒果了，土芒果心裡一定在偷笑：「哼，瞧不起我，現在知道我的重要了吧！」一回到家，老朋友來訪，帶來一袋芭樂，感覺我的水果魂在呼喚了。

　　嘉 130 線道（我門前道路）受強颱影響而坍方不少處，往上的方向尤其嚴重，導致道路中斷，若要往上行必須繞道從台 18 過去，原本我到對面宮廟來回只要 8 公里，繞道而行變成 30 公里，也因為繞道讓我見識到台 18 線道的千瘡百孔，不論是嘉 130 或台 18 都是我住在山上有史以來感受受創最嚴重的一次，有些路面隆起，有些下陷，還有整棵樹跑到路中間，但今天在廟裡遇到的一位年長者說，路還在都不算嚴重，曾經連路都不見了，我在山裡的資歷畢竟淺，沒見過大風大浪，12 年來承蒙老天眷顧，每次颱風都安然渡過。是，路還在都不算嚴重，今天還有路可以到達對面，這麼想來就豁然開朗了，我園區裡坍了些地方算什麼，農莊還在，我也在。

回程路上途經賴老師家,她的家園也受到不小驚嚇,東西飛的到處,去年新植的樹苗也東倒西歪,她找來臨時工幫忙善後,受她之託買便當進去給她的臨時工,我則與她吃昨晚尚存的燒酒雞,颱風後感覺大家都像小蜜蜂,大家一起勤作工,來匆匆去匆匆。不論是宮廟還是賴老師家,我都覺得他們的家真好,是磚造的房子,腳踏實地好安心,不像我住的是簡單貨櫃屋(也有豪宅貨櫃屋),強風大雨時,轟隆隆的,豔陽高照時裡面像烤箱,屋子震一下很多雜七雜八的東西就從天而降,我的房子甚至稱不上舒適,就是堪住,遮風蔽雨,雖然很羨慕,但我從沒後悔將所能用的錢灑在造林區,而縮減自己的生活環境,我知道有一天我會離開這裡,希望竭盡所能留下的是屬於土地的一部份,美麗的房子就留給下一位主人來建造吧!

　　網路終於全日暢通,生活也好像回到軌道上,日出而作、日落而息,颱風橫掃千軍過去就過去了,而我也如昔享受山居,同時鉅細靡遺記錄這一次強颱生活點滴。

0729 星期一 午後陣雨
大王松與花旗木

這次樹傾倒不少，倒的多半是小孩子，樹齡還淺，多數打根木樁扶正也就好了，少數從中鋸斷，等待新芽冒出；唯一超過十年的樹種是大王松，幾乎斷裂一片，大王松是所有松樹中長最快的一種，相對木質密度較為青脆，加上所種位置在陡坡上，順風順水的，連個兩三天狂風暴雨就像打保齡球一樣，有些連根拔起，就算鋸掉攔腰折斷的部份，以松的特性大概也很難存活了，整個早上都在善後大王松，一直以來對大王松的長勢總是很得意，高壯又挺拔，不免對失去它有點小小的遺憾。

從嘉130縣道往公田方向，起始約0.5公里處，在幾年前種了一排花旗木，看著它從小樹變大樹，去年開滿了花，煞是漂亮，上上下下走這條路時總被它似奶瓶刷的串花給吸引，我也跟進在自己花園裡種了不少棵。

年初發現130縣道上的花旗木，當年立木棍支撐它的繩索有幾棵已坎入樹幹中，樹幹一付被勒緊脖子的樣子，木棍也被緊抓著隨著樹木長大而騰空，早已失去支撐樹木的作用，很複雜的三角關係，令人看了難以理解，一度很想拿刀子偷偷去將繩子給割斷，讓樹能大口呼吸，讓木棍不要被綁架似的，每經過一次就想一次。沒想到，這次颱風將整排的花旗木擊得潰不成軍，有些倒向馬路，影響了行車視線，再一次下山時倒向馬路的花旗木都已被鋸斷，而倒向另一邊(山坡)的花旗木則七橫八豎，我終於不用再想「偷偷」這件事了，倒是可惜了美麗的花旗木。

七月

0730 星期二 午後陣雨
幸災樂禍

　　村裡接水的瀑布在這次強颱中嚴重受損，以往村子裡的水都會流經我的園區而聽到潺潺水聲，這兩天我發現沒有聲音，用手觸摸也沒有水的流動感，不管新舊管線都一樣靜悄悄，我突然有一種幸災樂禍的感覺，哼，活該！年初，「他們」要我從源頭也就是瀑布拉起自己一條管路，這根本就是欺負人，將我排除在村子外，當然我完全不考慮這項大工程(寫在1/11)，這下，水源管路斷了，明知道很快就會復原，但我突然很想唱歌跳舞。

0731 星期三 傍晚小雨
沒錢的富翁

　　今天特地送葉材到台中拍賣市場，路上聽蔣勳講蘇東坡的故事，好久沒聽了，曾經在婚姻中百聽不厭，恢單那年我狂聽，像在延續生命一樣，就怕一沒聽生命之火要熄滅了，什麼時候開始沒聽也忘了，生命的火燄卻仍然如聖火延續著。聽到〈江臣子〉突然悲從中來，那個兩人洗手作羹湯的畫面浮現，過去，終究埋得不夠深，癒合組織看似已覆蓋傷口，卻還沒木質化，嘆了口氣，分開至今才明白，我根本不了解他，城俯太深了，他的癒合組織太完美，騙過我的雙眼，而今聽到〈卜算子〉倒是感觸深刻，曾經我自以為的幸福其實是個笑話，這輩子最大的遺憾原來是沒有真正的愛與被愛過。

今天，開業滿五年，五年很長，但感覺我的營業時間很短，最近的兩年我幾乎呈現關門狀態，只接受預約客人，我的營業額明顯在退步，卻多了很多時間寫作，累積很多文字，看自己一路走來巔跛，牽著自己的手，一步一步療癒孤寂的心靈，心靈愈來愈富有，自嘲是沒錢的富翁。

八 月

　　我是滿享受風雨飄搖的當下，什麼都可以放下，什麼都可以不管，有一種風蕭蕭兮易水寒的悲壯感。

八月

0801 星期四 傍晚大雨
暴力份子

　　連下好幾天的雨，趁著稍稍放晴，給花噴灑殺菌劑，以防生病了，阿山開小貨車載著藥桶到花田間，老半天怎麼就沒聽見噴霧機的聲音傳來呢？好久後，他出現在我面前說：「馬達不動了，姐姐來看一下。」這我就不明白了，每次馬達不動就叫我看，有什麼用？我只會拿出我的絕佳暴力，狠狠毒打一頓馬達，再加上碎碎唸一番，但通常他會叫上我，也就是黔驢技窮，端看我怎麼辦它吧。

　　原來是覆蓋馬達的帆布不敵連日豪大雨，從四面八方將馬達給濺溼，有個氣室進水了，油水混合導致引擎發動不了，我與阿山將噴霧機整個翻倒，讓水流出來，再用布吸乾水份，再敲敲打打，整台機器快被我們揍扁，終於發動了，難怪山上大哥常說我們是暴力份子，一點都不為過。

0802 星期五 午後小雨
扣錢

　　阿山跟著我工作多年，什麼遲到早退偷雞摸狗沒有過，人之常情，但從沒扣過他薪資，再怎麼樣他也是唯一 super worker，他的苦勞是無人可取代的。今天是我第一次扣他錢，原因是他偷吃了朋友送我已料理好的大冰卷（透抽），這也不是他第一次偷吃我私人冰箱的東西，往常我睜隻眼閉隻眼就算了，什麼沒吃過，偏偏這隻大冰卷我還真沒吃過，朋友說那隻要一千元左右，我心想，那麼大一隻（50幾公分），等人多的時候再一起吃，哪知，

前幾天發現它不見了！這個臭阿山，每次朋友來，煮好料也沒少他一份，他居然獨享了大冰卷！我太難過沒吃到，於是決定在今天發薪日扣他 1 千元，並在我的冰箱門上貼上一張大大的「NO！」沒想到我居然為了吃，跟工人較勁。

0803 星期六 晴
包尿布

　　下午處理一排倒掉的孔雀柏，這排柏樹種 11 年了，當年整地時請怪手「順便」種下，結果今日一看倒伏的原因竟是它的美植袋一直都在，俗稱包尿布，包了十幾年的尿布難怪它站不穩，根系都在美植袋裡打轉成了團根，每棵樹的根都像一顆球，支撐根根本出不去，抓不住泥土，強風一吹當然倒了，看到這種個人疏失所造成的後果滿自責的，只怪自己當年沒想到要先將美植袋拿掉，就請怪手「順便」種下，怪手確實幫我種下了，只是這個「順便」底下竟埋藏了 11 年的密祕，令我不敢小看美植袋的韌性，倒伏後因為重心不穩，鋸掉一些枝幹再扶正，樹形不美麗不打緊，已經定形的根系就不知還有能力伸展嗎？不知是留還是不留？放個幾天後再決定吧！

....

　　原本今晚要去體育館看林懷民的大型戶外演出，一早還興致勃勃跟賴老師借腳踏車，就怕不好停車，先開去她家再騎自行車前往，很久前就期待這一場表演，一收工，趕緊洗個澡，還有時間小睡個 10 分鐘，養精蓄銳再出發，睡個 10 分鐘後再 10 分鐘，突然有點意興闌珊了，很想去，但又懶得出門，「一個人」的症候群吧！還是找部線上看的電影，舒服地窩在被窩享受一個人的週末夜晚；明天原本想去台中上一天課，現在想想，也不要去好了，好好善後颱風後的工作要緊。

0804 星期日 入夜雨
心甘情願

　　昨天處理下來的孔雀柏，原想棄之不顧，但一個聲音又讓我將它起死回生—出拍賣市場，於是乖乖坐在孔雀柏樹下開始整理剪下的枝葉，同時聽金剛經，最近又開始聽起《金剛經》，這區位置剛好面對空谷，遠山近林，《金剛經》的經文彷彿一串串梵文飄向山谷中，感覺引領我坐在樹下的聲音其實是為了讓金剛經能在那個貌似通往南天門的空谷中迴盪，趨吉這片山林最近所受的災難。以往葉材都是回台中時順道，台中拍賣市場也有基本的買家，現在回台中少了，自然就沒有出葉材的念頭，整理後載下山給貨運車送至台北，就不知道台北拍賣市場買不買單了，但無論如何，將樹最大值是我的工作。

　　昨晚原想去體育館看林懷民的戶外演出、今天一大早原安排去上樹木專業課程，都是很想參與的活動，為了這兩件事還推掉老主顧來訪，卻又都在最後一刻懶的出門而取消，看來能讓我心甘情願出門的只有樹了。

....

　　下午去烏桕林處理倒得亂七八糟的烏桕，這區是我園區地勢最低也是最邊界的區域，在造林的前三年，這區域的植物種植了兩次都長不起來，當時懷疑是沒有土層的關係，後來便找了怪手整頓，將檳榔樹頭刨除，讓地勢平坦些也好種植，才發現，那裡居然有一個水源匯集處，從山上流下的水在這裡匯集而出，難怪種植都無法存活，整平後改種烏桕，前兩年樹長得快又漂亮；這次颱風所帶來的雨水量多到我整個園區根本就是一座水庫，到處形成瀑布，從上而下沖刷，不少路面兩側被水切成了溝渠，山坡的土石也滑落，導致一些樹根裸露，而最終所有的水都流落此處，

儼然是一座蓄水池，烏桕也被水沖擊的東倒西歪，堪稱得上是最嚴重的一區塊，在整理的過程中，看著水，心想，這塊地不怕沒水，怕沒錢繼續待在這裡而已。

0805 星期一 傍晚小雨
四人房地板

　　四人客房長久以來地板總是滲水，年後曾經將最嚴重的一小塊塑料地板拆掉補丁，但問題依然沒解決，水仍然從地底冒出，來住的都是好客人、好朋友，多半能諒解我的辛苦，總是默默地不當一回事，反而讓我更過意不去，而我著實也是能力不足，不知該如何是好？才一直遲遲不敢動地板，颱風後一直不敢面對現實，就怕強雨是否又灌進來？這幾天醞釀著該面對它、處理它了，終於鼓足勇氣，下午夥同阿山將房間淨空後把整個地板掀起來，裡面鋪了一層約一公分的保麗龍以及 0.2 公分的木板，不太明白當初施作的工班為什麼底部要鋪一層保麗龍？唯一想得到的理由是比木板便宜吧？後來求解，是作為防水層以及反潮用途，當然此作法較省錢也是原因之一。總之，底部積了水，木板都爛掉，保麗龍果然是一條千年不壞的龍，好端端的，大卸八塊後成了最佔空間的垃圾。

　　有時真覺得阿山是找來跟我玩伴家家酒的玩伴，我一堆想法總是叫他執行，而他的優點就是「我說了算」，從不會問原因或提出他的看法，我說一他作一，說二作二，從來不會多一點或少一點，而工作時間一到，不論作到哪裡，就是放下手邊工作，走人，哪怕只差一顆螺絲就完工，他仍然會將這顆螺絲放到明天；好比春梅季時找他洗梅子，5 點一到，他人不見了，水糟裡還有幾粒青梅，根本不用一分鐘的事，但時間一到他就是會消失，常常讓我覺得他是中原標準時間化身。

0806 星期二 午後豪雨
勢利

　　早上繼續將客房地板清除完畢，原本的塑料地板還滿新的，於是挑一些完整的起來，貼至廚房地板，廚房因為較常踩踏，同樣的塑料地板已磨損到見底，廚房地板頓時煥然一新，資源再利用，也減少了一些垃圾，自我得意。

　　地板掀掉後，我開始思索是不是改用地磚比較美麗？我喜歡地磚的觸感，真實。但施作是一個問題，我可以嗎？於是利用下午下雨，阿山休息了，我也跟著休息，便上網搜尋一家評價還不錯的磁磚店，跳上車，一到店，是一間很華麗氣派的磁磚公司，怎麼看都不像網路評價所寫的「平價」啊！老闆穿著筆挺，黑色皮鞋的光亮閃到我的眼，正送著客，同時迎上我這個客人，我充份感受到被「打量」，我一下車，老闆從腳慢慢看到我的頭，很慚愧，我穿雨鞋、著工作衣、頭髮隨便一紮、脂粉未施，想必看起來很邋遢。

　　一踏進大門，超想轉身，深怕我的雨鞋弄髒了光亮無比的大理石地板，為了不擔誤老闆時間，我很快說明來意「我要看房間用的地磚，是不是可以請老闆幫忙找人施作？若不能，可以教我怎麼 DIY 嗎？」從進門到出門，只有 10 分鐘，老闆就把我打發走，果然還是擔誤老闆的時間了，他覺得我應該用塑木地板，可以到附近的店家看看。就這樣結束了我特地開車一小時下山看磁磚的行程，我知道勢利眼一直都存在社會各階層，也知道狗眼看人低是沒有規格，下次出門還是要注重穿著，尤其別誤闖皇宮了，只是網路上那個「老闆服務親切、詳盡說明」的評價是怎麼來的？應該是穿禮服來才有的待遇吧！

繼續陷入要不要用磁磚的迷思中……

0807 星期三 / 立秋 午後小雨
刷存在感

小史有時候會傳作畫的進度給我，自從 5 月我搬離台中後，這兩個月我們也顯少見面，有朋友問我，小史還在 (職) 嗎？哈，因為我很久沒有幫他刷存在感了，也不太提及他的工作。

雖然這幾個月生意不好，但我依然沒閒著，林區的工作佔據我大半時間，尤其颱風過後忙著善後，至今也還在努力中，每天跟著工人上下班，誰會相信偌大的園區就兩個人在運作，常常小史傳來訊息也只能簡單回覆，今天看到他傳來的繪圖，很感動，細細雕琢著我的山居生活，從沒想過，這輩子會有一本屬於自己的繪本，以我的邏輯，人不會平白無故相識，有可能幾年後才會顯現真正的因緣，原來，6 年前與小史相識是為了日後催生我的繪本。

0808 星期四 晴
真善美

難得一大早我的花園像菜市場一樣熱鬧，眼睛才睜開就看見賴老師傳來訊息，問我起床沒？要來吃早餐，已在路上。我趕緊跳下床下樓，賴老師已停好車，我煮咖啡、煎蛋餅，她切帶來的水果，我們正享受美麗的早晨；一會兒，昨天說要送東西來的朋友也到了，真早，也幫他們準備了一份早餐；又一會兒，山上大哥也到了，昨下午小貨車輪胎沒氣，請大哥若下山順道借我打氣工具，沒想到也是一大早。難得熱鬧的早晨呀！

下午和 65 歲的朋友去拜訪他 80 歲的朋友，80 歲的大哥耳聰目明，不顯老，我給他看我花園的影片，影片中有我工作的模樣，也有花園的景像，還有天空雲霧繚繞的自然景觀，他說像極了仙境，並說了好幾次我的生活真、善、美，太令人羨慕，如果再有一個伴侶那就太完美了，應是世人口中的神仙眷侶，那真是只羨鴛鴦不羨仙。我同意，只是人世間哪有那麼多完美？就是因為不完美才造就我真、善、美的生活，不是嗎？

　　他們問我，颱風那幾天一個人怕不怕？感覺我應該要像小白兔般回答：「害怕。」這樣比較有戲劇效果，也比較符合大眾期望。我是不曉得為什麼在自己家要害怕？

0810 星期六 / 七夕 晴
星光路跑

　　嘉義的星光路跑去年就想報名，後來錯過了，我想這是身為嘉義新移民所要感受的活動，於是今年早早報名，一直到昨天都沒收到物資才去電查詢，居然是報名後沒繳費。不會吧！追根究底是我刷了信用卡，臨跑前一刻才知道原來沒刷成功。好吧，木已成舟，但我仍然想感受嘉義蘭潭夜晚之美，便依起跑時間前往，當作是陪跑。沒想到，很多父母帶著小孩參與，感覺很像參加運動會，最令我驚訝的是有人推嬰兒車一起路跑，真有這麼愛跑嗎？3 公里後開始下毛毛雨，一度擔心要淋成落湯雞，還好，就止於毛毛雨。

在 3 公里處有美食補給站，地點剛好是蘭潭邊，夜晚的蘭潭美得像一幅畫，許多人坐在潭邊堤防享用美食，人聲鼎沸，好不熱鬧，我不敢多吃，怕待會跑會不舒服，象徵性拿兩口食物，也跟著坐在潭邊看著人潮，有時候看著人潮就像在刷存感一樣，雖然我不認識大家，大家也不認識我，甚至從頭到尾我沒跟任何人講話，卻有快樂的感覺，從不自拍的我也自拍了張照片紀念，然後起身，認真跑完健康組 6.5 公里，最後的 300 公尺我沒彎進賽道，而是朝向停車場，即驅車離去，也算一償宿願了，明年，還想再來。

路跑時才聽到，今天是情人節，很多人一起過情人節呀！難忘。

0811 星期日 傍晚豪大雨
放假

每次阿山休息，我就有一種輕鬆的感覺，尤其他昨晚就先說今天要放假，我因此不用一大早起床，可以賴在床上多一會兒，啟動標準的星期日模式，作自己想作的事，放慢腳步，喝一杯久久咖啡，看盡山巒起浮，所以在某種程度上，工人之於我有鞭策的作用，還好有工人，不然我每天都要放假了。

0812 星期一 傍晚大雨
幸運數字 6

晚餐後若沒什麼特別的事,就是倒杯自釀的梅酒輕啜,然後坐在書桌前寫寫日誌,記錄一天所發生的事,也是一天中最令我放鬆的時刻。

正在整理桌面時,接到台中一位花商來電,要訂杜鵑葉材,下單 50 把,還主動說一把 75 元,知道嗎?杜鵑 75 元在非年節是天價了,所有的葉材在平常都像菜價,哪怕年節可以賣到 200 多元的好葉材,也一樣只有菜價的份,50 元幾乎是均價,並且算好價錢,只要不淪入殘貨,多少錢我都滿意。每次坐在小板凳上整理葉材,看著花園的天空,心想,這輩子怎麼也沒想過會賣葉材營生,就覺得自己很了不起,會種樹,還會剪樹的枝葉去賣錢,從對樹一竅不通到造林再到賣葉材,樹與我的生活密不可分,應該沒有供應人跟我一樣包辦了花與樹,而每次花商訂貨,我也從來不開價,就隨市場定價㊟,難得這次是由承銷人開價。

這位花商說之前在市場買過我的葉材,尤其我的雪松非常美麗,但最近拍價也不好,還說,那麼好的葉材怎麼不留到年底再剪,讓枝葉茂盛賣個好價錢,隨便也 200 元起跳,我沒說年底要忙花,再者,我種樹是要種美麗的樹,在該修枝的季節修枝順道賣錢罷了,不是真的把它們當搖錢樹呀!杜鵑,他覺得最近拍價太低了,我大老遠出貨不划算,下次他直接跟我訂貨,且將他有配合的插花班在同一週期的課程用同一葉材,以利我出貨量大些,並且價錢好些,還有,紙箱也免了,直接用麻布袋裝就好,一聽到連紙箱都省了,我瞬間提高嗓門,那太好了,一個紙箱也要 50 元,我沒麻布袋,可以用大黑塑膠袋包裹,成本 4 元……

我很肯定不認識他,但很好奇他是我的粉絲嗎?這麼佛心。倒是「6」是今天的幸運數字,接到電話前才剛包 666 元(美金)的紅包,準備週三回台中要給姪子出國留學的零用錢,掛掉電話前一刻,他說他的承銷代號是 6,而我的供應代號也是 6。

註:若花商訂貨,花家可以自訂定價格,通常會高於行情,但我從不開價,由拍賣員視當日葉材狀況決定價格。

0813 星期二 午後陣雨
6 號粉絲

姑且稱昨天的花商為 6 號粉絲,今早他來電跟我更改訂單,慢四天出貨,改為 100 把,葉材訂貨數量屢破記錄,昨天的 50 把已是史無前例,今天直接翻倍,這種訂法肯定是忠實粉絲啦!

0814 星期三 午後陣雨
餞行

晚餐回台中與手足們相聚,為姪子即將出國留學餞行,也順便為我即將出國遊學餞行,留學事大,遊學事小,人生就是一堆大小事,在大小事堆裡找個理由大夥見見面,也讓小輩們看看,不然哪天小輩相見不相識,笑問客從何處來?那就糟了,其實大家見我容易,是我見大家不容易,我三天兩頭發文貼照片,連阿貓阿狗都知道我的近況。

這趟餞行宴特地請來阿姨，阿姨雖年屆8旬，但保養得宜，完全看不出來，真懷疑阿姨是不是吃了仙桃。因為即將出國與年輕人一起學習，為了不讓年輕人看老我，於是請阿姨幫我染髮(阿姨是美髮師，現在仍在職中，三不五時幫一些老客人作頭髮)，希望能跟阿姨一樣，完全看不出年紀，呵呵。

0815 星期四 午後陣雨
陳姐

　　陳姐是我開業第一年認識的客人，她進來後說了一個故事，從此我們成了好朋友，一直到現在，應該有兩三年，陳姐沒來我花園，但年中我們倒是在對面宮廟慶典時，同時受邀吃飯又再度重逢，於是我邀請她找時間來農莊走走。

　　陳姐是修道人，她說曾經受到感應來到這塊地，沒有地址，就憑著感覺來到這裡，那時是一片檳榔林，後來88風災，阿里山很嚴重，多處路斷、隆起、下陷，形成一條路龍，她覺得是龍打斷她上山的念頭。幾年後，她看見這裡有了改變，並且是咖啡館，於是夥同朋友一起進來喝咖啡說故事，記得她問我怎麼會選上這塊地？是不是有接到什麼指令？至於為什麼選上這塊地，詳細原由寫在第一本書，簡單的說是巧合吧！哪有什麼指令。那時(開業)我對這裡一無所知，連一個在地朋友都沒有，將大門打開後，迎來各行各業，也聽了許多故事，開啟了我另一個人生。

　　陳姐雖是道行很高的人，也小有年紀，但絲毫沒有「江湖味」，反而有一股天真，我們兩陳滔滔不絕，聊修行，聊人在江湖身不由己……如果陳姐是隨著與她對話的人而顯露鏡像，那麼，天真的人是我，嘻嘻。

0816 星期五 雨
吃土

　　這個月終於有了第一組客人,感覺我要去吃土了!吃土不是重點,重點是客人明知會下雨,還是來了,因為他們行前先問我下雨多半落在什麼時間點?要在下雨前把帳蓬搭好。晚餐時間,我聞到烤肉味,看著雨天,心想一群男人在雨天的天幕下烤肉,man's talk 肯定少不了好酒,於是我送上一瓶春梅釀,雖然梅酒從來都不是男人的最愛,但聊勝於無,春梅釀果然得到了歡呼,能在梅樹下(春梅區)品嚐此樹的果實酒此生難得,謹以此梅酒敬謝主辦人第三次帶露友來。

0818 星期日 / 中元節 傍晚大雨
匪夷所思

　　6 號粉絲除了訂 100 把杜鵑外,昨天又追加雪松 20 把,今天特地專車前往,滿滿一車的葉材,巧合的是,他居然是豐原在地 40 幾年花店,一對年紀稍長的夫婦所經營,而我也是豐原人,這間花店以前還滿常經過的,市區中很大的一間老店,我好奇問他是誰介紹的嗎?這種機率太低了。他搖頭,言談中再三說,我的拍價太差,上週拍 30 幾是他撿回來的,以後等有人訂貨再出貨吧!不然連工錢都沒有,賣心酸的(我真的是賣心酸,純粹是對樹的愛護,不然好幾次都想直接倒入山谷),若有人訂貨價錢就訂高一點(連有人訂貨我沒定價他都知道,太神奇,會不會就是他?)完全站在我的立場思考,也告訴我,一把他可以賣多少錢,在市場上是有價的,而我的拍價根本就不值得出貨,先別出貨,留待年底是葉材市場,價格會是現在好幾倍,中肯分享他所知,若不是有人推薦,這種買家太少了,同樣的東西,誰不想買便宜?

他很清楚知道從拍賣市場得到的價格低很多,但他卻願意多花些錢跟我購買,令人匪夷所思,最後他仍沒回答我為什麼要跟我訂貨的原因。

七天了,我終於刷牙了,太佩服自己的品牌忠誠度,因為慣用的牙膏用完,只剩一些有的沒有的小牙膏,索性不刷牙,一直到今天下山採買明天要普渡的食品才順道買了牙膏,快忘記刷牙的感覺了,真舒服!

0819 星期一 午後陣雨
好兄弟

昨天是中元節,但昨天下午才去採買貢品,準備今天普渡,自從山居後,關於拜拜,已經精簡到一年一拜,中元普渡,想想,以前怎麼那麼會拜,大拜、小拜,該準備的一樣不少,現在是一年一拜還愈拜愈精簡,或許是心態的關係,也或許是環境的關係,愈來愈自在,但畢竟我居住在山區,中元普渡祭拜好兄弟有它的義意在,就精神層面是我對山林萬物之靈的敬畏,就實際面大部份的貢品拜完後就是阿山的年度福利,因此在選購上以他的喜好為主,某種程度而言,阿山也是我的一好兄弟。

極少數時候,印表機會突然啟動運轉一下,平常也就算了,昨天是中元節,就在午夜印表機啟動了兩次,心想,不會吧,就慢一天普渡,是在提醒我嗎?所以囉,為什麼就拜中元節不是沒原因的,連水源處也特地去拜拜,就祈求萬物之靈憐恨姐姐我,請務必保祐我一路無災無難到退休。

0820 星期二 午後小雨
地板大作戰

　　一早起來，一陣涼意，哈啾～突然有了秋天的氣息，該跟夏天說再見了。

　　8/5將四人房地板拆除後，便一直思考該如何重新施作地板？日思夜想，最想要的是舖地磚，問了些人，大夥給的意見多半是不好自己施作，上網看別人如何DIY後也覺得似乎不容易，請人施作一時半刻也難找，尤其我想趕在出國前讓客房完善，小史幫我問了一位好師傅也要等到年底，但只有6坪，應該要等到好幾年後的年底吧！於是我的思路又大轉彎，回到原來的作法就好，經濟實惠，時間自己掌控，之前因為局部浸水，也用了四、五年，若相同的作法，花一萬多元能再用個5年，就算3年都值得了。於是開始了地板大作戰。

　　一直以為地板滲水是從牆角，結果完全出乎意料，掀掉地板後隔日便大雨，四邊的地面並沒有滲水進來，我很納悶，就剩浴室牆面了，果不其然，將蓮蓬頭往牆邊噴灑，整個水毫不保留傾洩而出，終於真相大白，當初施作的工班居然沒有在浴室牆邊用矽利康作為填縫，難怪每次客人一離開就溼成一片，日積月累已達積水層度，我還怪罪是外面的水跑進來。

　　當然，先把浴室的牆邊全填上矽利康，確保不再水流出來，然後水泥地面聽從油漆行老闆建議，防水漆一層加彈泥一層，這次就不用保麗龍了，直接舖上4分板，卻在這個環節搞了很久時間，也可以理解為什麼要用保麗龍作底，保麗龍有彈性，厚木板沒有彈性，地面看似平，其實不平，8塊木板(3*6尺)拼在一起很難平整，所有過程當中，就屬舖木板最頭痛，耗時費工，最後

貼上新的地面，換個色彩，煥然一新，如期趕在我出國前完工，美妙。

0821 星期三 午後陣雨
夜涼如水

晚餐，賴老師原想請我外食作為餞行，我推辭了，又不是留學，就只是個短期遊學，當作散心去，別當一回事，不勞破費，於是賴老師帶來美食佳餚，這年紀又住山區，坦白講，會特地來的朋友沒幾個了，常自我解嘲，住山上住到都沒朋友了，而我倆比鄰而居又背景相似，總能談談心，解解悶。餐後，我們到觀景台看夜景，萬家燈火，美不勝收，不自覺便一屁股坐下，又聊些五四三，我問她，有沒有撤退的打算？她表示沒想過這個問題，山上如眼前般美麗，為何要離開？結論是，我所認識的山居友人，只有我正計劃著一場，人生下下半場從離開這座山城開始的大逃亡。

夜涼如水，黑暗中透過聲音我們訴說著現在與未來，彷彿在星空下進行一場心靈對話，對於自己的人生行走至此竟能如此享受孤獨，安於山居感到唏噓，我於天地間也就這麼點蒼涼，笑談人生寧可孤安，寧缺勿濫，今日有賴老師相送餞行，足矣，也不枉十數載山居歲月，賴老師，乾杯。

0822 星期四 / 處暑 午後陣雨
危險的工作

阿山去山坡固定傾倒的樹，舉著他的左手回來，手掌變成兩倍大，今年第四次被蜂叮到，可憐的孩子，從事這麼危險的工作呀！內心祈禱，我今年一次就夠了，千萬不要再被叮了。

八月

0823 星期五 晴
紅包袋

　　不知是否將遠行，昨晚作了一個夢，夢中，在我買貢品普渡好兄弟的塑膠袋裡居然有一個紅包，都已經拜完兩三天才發現，夢裡還說：「怎麼當時拜拜拿貢品的時候沒看到？」我想，可能是山林之靈給我的護身符吧！保我一路平安，謝謝山神。

　　大學階段也曾夢見「紅包袋」，那是在不同的空間裡，到現在我還記憶猶新，那個場景是異度空間，而那個紅包是保我不會「被帶走」的護身符，我一路從上而下，中間被攔截，元神出示紅包袋後，我即被放行，才得以到順利到地府又平安回到陽間（痴人說夢），這是我第二次夢見紅包袋，想必是異曲同工。

0824 星期六 晴
流浪

　　我終於要去流浪了，50 後開始憧憬去流浪，尤其獨居山上後，特別想看世界，流浪就像浪漫一樣令人充滿幻想，不同的是流浪是一個人的事，而浪漫是兩個人的事，雖然流浪看似浪漫，但哪怕我這麼獨立，對於真實的去流浪仍懷著忐忑的心，於是我選擇了遊學，偽流浪，美其名是去遊學，骨子裡是懷著一顆流浪的心自我放逐，四月份去印尼 12 天已經破開業以來離開花園天數的記錄，這次 29 天，越來越放得下我以為的放不下，因為我相信，我不在，樹一樣會長高，花園一樣會運轉。

　　明早，我將要從這座山飛越另一座山，到海拔 1500 公尺的碧瑤山城，位於菲律賓，展開為期一個月的新生活。下午先北上，至新莊同學家暫住一晚，心情也已打包好，要跟著一起遠行。

至於為什麼是菲律賓？因為所有的遊學國家，菲律賓最便宜，遊學在菲律賓根本是一項事業，學校不勝枚舉，各式各樣，不同年齡層有不同方案，包吃包住一個月 6 萬左右，若再加上週週去旅遊，了不起 7 萬，去哪裡 long stay 這麼便宜？還兼具學習。

0825 星期日 午後陣雨
初來乍到

　　一個不大的機場，克拉克機場，飛行時間約兩小時，不遠，遠的是還要再搭將近四小時的巴士至碧瑤山城，就像我從山上搭車到桃園機場的距離一樣，這一段路等長，將我從台灣的山翻到菲律賓的山。

　　從四月決定出國遊學，選學校成了關鍵，我沒看師資、沒看學習內容，就看學校是不是新穎，我想要有渡假的感覺，遊學是體驗，我更在乎的是放鬆，並不想給自己學習上的壓力，外甥去年遊學的學校我評為首選，卻也是別人的首選，那時已額滿至九月中，若我非得要那間學校不可，就得等到九月底，九月底正是我農忙階段，我就這口灶，說什麼也要顧好，於是放棄在宿霧的首選學校，或許明年再去；突然看到碧瑤山城的美景，打動了我，長年居住在山上的我不明白為什麼還要再去另一座山「渡假」？但山城的美景(照片)著實令我無法抗拒，加上中高海拔一直是我所嚮往，就這樣促成了我到碧瑤山城遊學的日子。常覺得我的潛意識是頑固的，我明明住在山上，眾多遊學學校仍然選擇了山上，以前台中家也靠近山，都不知道自己到底有多愛山？

經過高速公路，再接一段山路，抵達學校後，第一眼真失望了，學校沒有照片中的美麗，或許下雨的關係，或許不像學校的關係，也或許期望太高的關係，至於房間，也是小小的，四人房，上下舖，已經有兩個女生入住，但不見人影，顯得有點雜亂，跟我想要「渡假」的風格落差很大。

放好行李後，我開始逛校園，唯一令我放鬆的是學生餐廳，寬敞明亮，還有一面書牆，我走近一看，多半是韓文書，居然沒有一本中文書，好懊悔沒將我寫的書帶來貢獻；返回房間帶上筆電找一個面山景的角落(為了插座)坐下，看著漸入昏黃的山景，時間還早，寫寫文章打發時間，相信這趟遊學之旅我的寫作進度會大增，可笑，居然不是英語程度大增；而不少年輕人開始交朋友，我想這樣對於學習才有幫助，相較我獨自坐在角落，不知如何融入人群明顯學習精神不佳。山景真的美麗，不一會兒，一位年輕人來跟我打招呼攀談，通常第二句話就是問從哪個國家來，原來是台灣人，我以為可以講中文了，沒想年輕人從頭到尾都說英文，好煩哦！我都聽不懂，而我講的亂七八糟他怎麼都聽懂？！我的室友，一位日本人，一位泰國人，她們兩人可以溝通，我們三人沒辦法溝通，好想哭！

回到昨天寫的，流浪是一種浪漫，看似浪漫，其實要承受的何止是一個人的三餐，還有內心的孤寂，不少人喜歡一個人旅行，而我必須坦白，我一點都不喜歡一個人旅行，太寂寞，但我是如此自由飛翔，哪怕獨自坐在落地窗前的我心裡千瘡百孔，忍受寂寞啃噬，也不想禁錮自己的靈魂，我想，人生的每一段旅程都是從孤獨開始，旅程結束後心靈會是豐盈的。

0826 星期一 午後陣雨
新朋友

　　果然物以類聚，昨天至接機地點集合時，見一群小朋友，一度以為我是團長（這團最年長），到了下午才知道還有一位比我年長的芳姐，團長非她莫屬了，今天早上是自由時間，感覺也是大夥認識新朋友的時間，很自然的我與芳姐因為年紀接近而走在一起，芳姐很熱情，不只跟我而是跟大家都打成一片，反倒是我自閉慣了，連在台灣用國語都不知道怎麼聊天了，遑論出國要用英文聊天，聊天從來都不是我的強項，多虧芳姐我才有了第一位新朋友。

　　我們聊到第一晚睡得如何？我說因為室友將風扇開整天，連晚上也不放過，風扇運轉的聲音吵得我煩燥，不好睡，加上風左吹來右吹去，快把我搞暈了，後來到她房間，真覺得虧待自己了，兩人房，面山景，多清爽啊！放棄了當初的「以為」，以為有室友可以互相交流，增進學習，能回到學生時代的感覺；以為省一點可以富有一點。才說完，芳姐拉著我的手說：「走，馬上去辦公室找經理提出換房申請，兩個人的聲音比一個人的聲音大。」出外靠朋友一點不虛假，辦公室一開始是說沒兩人房了，經我們再三拜託，哪怕兩週也好（芳姐的室友遲遲沒出現，猜想應該兩週後才會來吧！）到了傍晚我收到訊息，明天可換房，果真就是芳姐的室友，至少可以當兩週白雪公主，兩週後再回到灰姑娘。芳姐人好，樂於與人分房，說，等什麼明天，今晚就過來睡，我就這樣摔了我的一日國際室友。

0827 星期二 午後陣雨
請求

才第一天上課，就想舉白旗了，一天八堂課，跑來跑去，有點忙錄，搞得自己像大忙人一樣，老話一句，書到用時方恨少，老師講的聽不懂，聽得懂的老師都沒講。

一早，我回原房間拿東西，泰國室友通常不在，日籍室友在，她不太和我打招呼，昨天兩次從外面回房間她總是低頭看著她的手機，哪怕我試圖看她想和她 say hello，仍引不起她注意。突然，她起身跟我說話，說她有兩個請求，一是風扇請勿關閉，因為昨天我早餐回來以為沒人就把風扇關了，才一會兒，她發出聲響，我明白意思，於是我又將風扇打開。我問是全天候開著嗎？她說是。第二個請求，晚上開 A 燈，不要開 B 燈，B 燈會影響她睡眠，我點點頭。然後她反問我對她有什麼請求嗎？我的請求的是：「一、風扇不要全天候開著。二、A 燈照不到我書桌，開 B 燈我才能寫功課。」當然，我沒有說出來，因為我即將換房間。我覺得勇於表達是一件值得學習的事，像我，通常是「算了」，實在是不可取。利用課餘時間辦完換宿手續後，我回房，她一樣低頭看著手機，這次我刻意打擾她，跟她說我換房間了，她露出有點詫異的表情，終於結束短暫的室友緣份，也終結了我對「學習交流」這個美夢。

0828 星期三 雨
發現感動

  我的課程是早上三堂一對一，下午三堂小班課，之於我一對一輕鬆許多，聽不懂可以請老師一講再講，也因為我的程度欠佳，老師上課明顯很輕鬆，打哈欠、看手機邊上課，所以是一種師生都很放鬆的上課氛圍，進度的快慢取決在我；但團課就不一樣了，要跟上老師的速度，有時上一句都還沒聽懂就接二連三，挫折感很重，終於知道不是不愛學習，而是學習跟不上導致放棄學習，於是我今天蹺了一堂團課，或許就此放棄了。最好的安排是在什麼年紀做什麼事，年輕時作年輕的事最美，錯過了，只能說美中不足，地心引力是不爭的事實，體力、學習力，最重要的是活力，我再怎麼有活力都不及年輕時的活力。

  第二節一對一的課，老師 J 年紀與我相仿，比較會聊天，才第二次上課，問職業問年齡，幾乎身家調查了，我儘可能表達後，讓她看我花園的影片，影片才一半，她掉下眼淚，我看她掉眼淚我也跟著掉眼淚，好像我們正在看一齣感人的電影，她不可置信我所處的環境是如此美麗。

  晚餐後，我出校外散步，從來碧瑤到現在，今晚是第一次踏出校門，時間不晚，但天黑了，於是草草結束散步返校。

0829 星期四 晴
外國粉絲

　　碧瑤是個山城，海拔 1500 公尺，準備行李的時候用阿里山的 1500 海拔來思維，於是準備不少長袖，輕羽絨也帶了，但並不是那麼一回事，這裡的 1500 跟阿里山的 1500 完全不同，不冷，就是涼爽，體感很舒適，只是現在是雨季，中午過後便霪雨霏霏，雨後常伴隨著氤氳裊裊，坐在學餐（學生餐廳）我吃飯的位子，來到這裡的第三天，發現了這個位子，可以將山景盡收眼底，看出去彷彿就是我山上的復刻，眼前也是大王松，跟從我家陽台看出去的景象如出一轍，這個位子讓我很享受當下，午後難得沒下雨，下午的課全蹺了，出去冒險一下，再找個咖啡館寫寫作，咖啡館比教室適合我。

　　因為昨天老師 J 看園區的影片而落淚，今天課堂上我準備更多讓她看，直說 Magical（神奇）、Unbelievable（不可置信），問我有沒有上過電視？報導？再次聽園區歌曲她依然落淚，並且說讓她落淚的原因是歌曲的旋律，旋律一出來就忍不住了，扣人心弦，我好感動，這節分享了我園區的故事；也介紹阿里山的美景，告訴她日後若有機會來台灣一定要到阿里山，最美的國家公園，路上會經過我花園，屆時請進來喝我親手栽種的咖啡，J 說，這是她上課以來最精彩的一堂，以往她是老師的角色，呆板的上課方式，而今天她上了我一課，感動，今後她將樂於分享我花園的故事，下課前她問，回台灣時，我背去的「花舞山嵐」袋子和身上的衣服能不能留下送她？當然可以，第一位外國粉絲。

0830 星期五 涼爽
生日蛋糕

　　結束了一週的課程，心得是「學生」這個職業太忙碌，快把我給搞暈了，平常管幾萬棵樹與花也沒這麼暈，決定放棄一堂團課，讓自己舒心一點。

　　芳姐年屆 70，但完全看不出來，她真誠、樂觀、活潑、積極進取，精通日文，除了出國旅遊就是當全日志工，為人群服務，充實自己的每一日每一月每一年，過去一年中來菲律賓遊學已經三趟了，認真過單身生活，我覺得不容易，值得學習。明天是她的生日，但明天是假日，芳姐特地於今晚買了大蛋糕在學餐請大家吃，給自己一個美妙的回憶，明顯感受到芳姐的快樂，花一點錢得到大家的祝福，很值得。

　　要過好一個人的日子，捫心自問，不容易啊！我們都曾經擁有過一個家，而今皆獨身，要經歷多少個孤寂的日落晨昏，面對三餐的獨白，中間所經歷的過程相信每一個人都是一個故事，芳姐的故事很精彩也很錐心，有緣與她同室友，讓我又閱讀了一本豐富的人生故事書。

　　新生介紹日時，經理說洗衣坊的人員過目不忘，當時不以為意，今日是我第二次送洗衣服(每週二、五為女生洗衣日)，取衣服時，洗衣坊人員居然叫出我的名字 Sophia，我瞪大眼睛看著她，真覺得太神奇了！週二送洗衣服時，並沒有特別打招呼，放下衣服就走，今早送洗也是點完件數就離開。不知她是哪隻眼睛認出我？每天來來去去幾百人，各國的學生，一批又一批，「過目不忘」這個能力太厲害了。

來碧瑤學校整整一週,今天是全然放晴的一天,我真愛這裡的天氣,時而滿山雲霧繚繞,時而氤氳裊裊,時而雨落,每天眼前都像一幅流動的畫,而我的身體也徹底得到放鬆。

0831 星期六 雨
江湖少年老

　　第一個週末,我與芳姐睡到飽,吃完早午餐後搭 1 點半學校的接駁車到 SM 購物中心逛百貨,這個時段居然只有我們倆搭車,顯然年輕人早早外出了,畢竟年齡層不同,年輕時可以從早玩到三更半夜才回家,現在能混到晚上 8 點就覺得自己很了不起了,回到宿舍,對面寢室大男孩夜生活才正要開始,互相 say goodbye,他們關上門往外奔,我們關上門準備上床,他們是少年江湖,我們是江湖老了少年。

山居生活—心靈旅程 4

九 月

我已無家可歸，心卻被繫著，像風箏，不管飛的再高再遠，我知道，永遠有一個「台中」在牽動著我的心。

九月

0901 星期日 涼爽
瀑布健行

　　今天我和芳姐參加當地(卡潘安 kapangan)一日瀑布健行，去尋訪兩個瀑布(pey—og、ongong 瀑布)，地陪說不遠，開車 3 小時左右，真的不～遠啊！5：30 出門，全團 20 人，就我們兩個稍嫌年長的華人，其餘清一色菲律賓年輕人。

　　路，其實不好走，很原始的林蔭小徑，不常有人走過的足跡，周邊雜草很高，穿越重重雜樹林，先上坡再下坡，要走大半圈到眼前對山所見的瀑布，像要去祕境的感覺，我走得尚且很吃力，遑論芳姐，步步為營的她走在我前頭，還不時叮囑我小心步伐，她真怕我跌倒，我想，叮嚀我的同時其實是在提醒自己，我則不斷回答她「好的」，我沒告訴芳姐我的工作還滿常在山裡爬上爬下，滿身大汗的她直呼吃不消，還好地陪全程看顧著她；到了瀑布，那真的不是一個「天啊！」可形容，還要涉水，水還有點湍急，她開玩笑是拼老命來著，我也覺得。行前表寫著可穿著夾腳鞋或防滑鞋，就這點我與芳姐吃足了苦頭，她穿夾腳拖，我則穿洞洞鞋，完全不適合健行，不得不佩服當地人，簡單的人字拖，走的跟飛一樣快。

　　去程我們墊底，回程我很認份先走，回到集合地點，許久後芳姐才到，一樣是最後，然後開始唱作俱佳講述剛才她滑壘四次，怎麼滑壘、怎麼踩雷，講詼諧一點就是一路滾下來，地陪妹妹說，她像老佛爺一樣伺候芳姐，還用她的洞洞鞋與她的夾腳拖交換，盡力了，眼神飄向我彷彿在尋求我的諒解，我忍不住「噗哧」笑出來，看芳姐全身泥濘，有點狼狽，真難為我的小姐姐了。團員們一致給芳姐鼓掌，說，菲律賓當地同年齡的女士多半在家看電視或癱著，而芳姐出國遊學，還能跟上大家健行的腳步，很厲害呀！

第二個瀑布健行，芳姐投降了，我依然興致勃勃，造訪第二個瀑布的路程全部是階梯，步階高低錯落，兩三百階，我已無力戲水，坐在岩石上欣賞壯麗的瀑布，天空晴朗，陽光灑落在瀑布上，好一幅美麗景象，哪知一會兒功夫，雨滴便翩然而至，催促我趕緊拔腿回程，就怕一不小心像電影一樣溪水瀑漲，望著陡峭的階梯，此時，腳已經不是我的了。

　　芳姐說晚餐要慶祝「劫後餘生」，於是我們有了一頓美酒佳餚，回到宿舍已經9點，累癱了。躺在床上的我們聊著今日所發生的趣事，芳姐說她來菲律賓遊學三趟了，這是她第一次踏出校外，前兩次都在宿霧，同寢室的室友或同學從來沒有人找她出去玩過，甚至，曾經有兩位韓國室友，住宿期間完全沒有和她說話，我大概可以了解爲什麼，因爲她的年齡以及她慣性的碎唸吧。

0902 星期一 午後雨
松樹

　　這座山城充滿了松樹，從學餐放眼望去皆是聳立的松樹，下午課堂結束卽走出校外，想要尋訪它，一直覺得松的美與力是其它樹無法取代的，走在霪雨霏霏的山城，感受松樹堅韌挺拔的姿態，針葉下的雨滴格外晶透，不時雲霧繚繞，卻依稀可見松的傲然屹立；這裡的房子依山而建，這家的一樓是他家的二樓，不覺莞薾，走著走著，竟走了兩小時，隨身小紅傘敵不過斜風細雨，溼了衣襟，並且已飢腸轆轆，於是加快腳步直奔學餐繼續欣賞窗外松的蒼勁。

註：後來得知，碧瑤有「松樹之城」的美名。

0903 星期二 陰雨連綿
獨來獨往

　　終日風雨飄搖，得知颱風正在外圍，原本下課仍想去校外散散步，也只能作罷。

　　今天，我突然覺得遊學一點都不好玩，要當全職學生，得上課前先預習，下課後複習，學習才有效果，不然在課堂上只是陪坐，所有的回答都是 yes or no，還得要能融入團體生活，後者之於我比前者困難許多，太久太久沒有過團體生活，我顯得格格不入，好像看到回到大學時代獨來獨往的那個我，如果人生所有潛意識曾經停留的階段都要再走一次過程的話，那麼，我能明白來這趟的遊學意義是什麼？我必須將那個停留在大學時代獨來獨往的我帶走，讓那個我畢業。看著同時入學的同學們很快地有了小團體，我想，那是多麼快樂的靈魂，我未曾有過，但將不再是遺憾。

0904 星期三 傍晚小雨
吉普尼

　　下午課堂結束，到校外走走，見「吉普尼」(當地一種隨招隨停的交通車)隨手一招坐上，沒有投幣箱，乘客會很有默契將錢往前傳給司機，沒有站牌，下車就大喊「下車」。走在巷道，見一顆榴槤，特別想吃，但礙於它特殊氣味，不敢買回校舍，跟店家說，幫我打開，我要坐下來吃，可惜店家回，還不夠熟，要再等四天，只能繼續流口水，我說，那我四天後再來，然後跟榴槤說再見，可別跟別人跑了呀！

去程坐車，回程我漫步在山城，這裡地勢很陡，所以屋舍錯落有致，遠觀可見五顏六色的屋瓦，我很愛這片美麗的景象，百看不厭。不一會兒，雨滴開始落下，出門前看了氣象，顯示兩小時後會下雨，但我不相信整個下午的好天氣眞會變臉嗎？硬是不帶雨傘，結果淋成落湯雞回來。回到校舍得知，後兩週可以續住雙人房，我不用搬回灰姑娘的柴房了，頓時心情飛揚起來，一掃雨天的陰霾。

0905 星期四 雨
賣笑

　　下午蹺課到市區逛逛，探索這個城市遠比陪老師坐在教室賣笑好，是我賣笑，笑是藏拙的最佳利器。天空下著雨，只能再度去 SM More 混，想找個安靜的位置坐下來寫寫文章，還眞不容易，寫了一小時，寫不出東西，書包收拾收拾，逛了下百貨，意興闌珊，招了計程車回校舍，還是坐在窗前繼續發呆吧！

　　我的書桌面向山景，很美麗，能得到這個位置眞要感謝我的室友芳姐，不愛陽光直射，她的不愛竟是我的最愛，每每坐在書桌前便將窗戶大開，太陽大時確實眼睛都要睁不開了，除了學餐用餐的位置外，書桌的座位也讓我捨不得離開，其實這兩個位置是同一面向，只是一個四樓，一個五樓，寫到這裡，突然覺得自己很搞笑，說穿了就是愛看山、看松樹在山嵐中玩捉迷藏。

0906 星期五 晴時多雲偶陣雨
迎新送舊

不覺竟也混兩週了,兩週是一個循環,迎新送舊。

今晚大部份的學生都聚集到學餐,準備送舊,只見兩位韓國大叔在學餐的另一邊,咖啡館,等禮成吃飯,此時,我也坐在咖啡館,稍後再去湊熱鬧,就在同時,見一台灣妹妹閃躲進咖啡館角落,不時探頭張望著外頭,我充份感受到她對活動的不自在。我記得她,我們有一堂共同的課,她就坐我旁邊,已經兩週了,今日才知道她也是台灣人,課堂老師說,她即將回台灣……,哪怕比鄰而坐,但我們從未說過話(一直不知道她是台灣人),對她印象卻很深,總是打扮美麗,長長的假睫毛像極了洋娃娃,長長的假指甲上點綴五顏六色很漂亮,時尚包包掛了好幾個可愛絨毛娃娃,還很孩子氣卻很時髦的裝扮,上課多數時候在用手機打電玩,但老師的問題她總能回答出來,看似外向,才知其實不然。我見她趁亂領了畢業證書後旋即逃離。我腦海突然冒出金剛經裡的一句話「凡所有相,皆是虛妄。」

今天送走一批舊生,後天,將再迎來一批新生,兩週後換我被送走了。

0907 星期六 / 白露 毛毛雨
小景點

今天花了 1 千披索找了一位地陪妹妹,帶我們走訪市區的景點,依序 Igorot stone kingdom(伊戈羅特石頭王國)、Tam—awan Village(塔阿萬村)、BenCab Museum(本卡布博物館),三個都是很當地的小景點,其中比較特別的景點是「石頭王國」,

所有、所有的一切景都是石頭堆砌而成，一個標榜印尼原住民歷史的地方，才知地陪妹妹就是原住民，難怪長得濃眉大眼，很漂亮，若沒有她的介紹很難了解這個地方的意義，原還想再往高處去，但芳姐已體力不支，時間又來到午餐，於是一個早上便結束行程，返回市區閒晃。

晚餐被芳姐拉去和三個外國年輕男孩晚餐，分別23、25、27，真不明白這三個大男孩跟我們吃什麼飯？應該去跟年輕妹妹吃飯的呀！跟兩個老女人吃什麼飯，有意思嗎？而我也不明白為什麼要和這三位不認識的小伙子吃飯？我一點都沒想交外國朋友，大老遠出門上餐廳吃一頓不便宜的飯，最後，芳姐說：「平分。」唉，被拖出來吃飯還要平分吃沒幾口的餐，心裡真不是滋味。離開後我問芳姐：「這頓飯誰找的？」她說是她，難怪那些小朋友會出來，應該以為是阿姨要請客吧！可以打打牙祭，相信那三個大男孩心裡應該跟我想的一樣，付帳時才面有難色，後來還去領錢，原來是一群傻子陪阿姨吃飯來著。後面還說要去酒吧，我們一致否決了。

0908 星期日 涼爽 / 晚雨
驚嚇

一早阿寄來電，我很自然地就接起來，哈拉10幾分鐘，掛掉後才驚覺接的是中華電信！隨即用LINE去電阿寄，我說：賺錢(生意往來)的電話都沒接了，居然接了你的電話，還聊那麼久，500元飛了！哭哭。

下午去逛傳統市場，看到椰子一顆40元，買了一顆，看老闆大刀一揮，椰子瞬間裂開，椰汁嘩啦流進地上的垃圾桶裡，從

來不知道我的眼睛可以瞪得像牛眼一樣大，大聲問：「Why？」換老闆眼睛瞪得跟牛眼一樣大「Are you want juice?」「why not?」接下來，老闆連剖了四顆椰汁給我，問我還要不要？我說夠了。看著另一老闆正用機器將果肉榨成椰漿，而桌面上一包一包的乳白椰奶，感覺「純椰奶」才是老闆在賣的商品，總之，對我而言是物超所值。

經過聖母救贖教堂，順著階梯拾級而上，每隔數十階便有一乞丐，多數是眼盲，想起10幾年前來長灘島，當時留有2千多元，500元4張，100元數張，聽說兩年前換了新鈔，舊鈔得送總行換取，於是，下階梯時，我快速分別投給5位乞丐，然後頭也不回拔腿就跑，就怕他們突然張開眼睛追上來，說要跟我換新鈔。

過去兩週假日皆跟芳姐一起外出，她順手拿一些錢給我支付，也就4000多P，我說我也拿相當的錢出來，就當公費好了，也才兩個假日，今早用餐前跟芳姐說：「公費用完了，不要有公費了，好麻煩。」沒想到，引爆了友誼，金錢果然凌駕在上帝之上，我覺得有些花費不必要，也不是我想要，但我卻要分擔一半，上週喝紅酒、吃高級餐廳、到處給小費，像昨天下午我想走行程，但芳姐卻要坐計程去找晚上預計瘋狂的酒吧，後來又被拉去跟年輕人晚餐，餐費、計程車費……這些都不在我的預算，但出去所有的開銷卻都要由「公費」支付，好像「公費」是一個金庫，而我是完美的分母，現在錢用完了，我拒絕再有公費，竟開始對我口無遮攔，一付就是完美分母惹惱了後母的舞台劇，4000P也才多少？又要玩又要吃香喝辣，價值觀截然不同，不想被拖著走，此刻只能斷尾求生存了，真覺得給自己找麻煩，說什麼「公費」。

不久，芳姐用餐回來，第一句就是：「我們作不成朋友了，不需要再說話。」雖然我有點錯愕，並表明未來還有兩週，真要這樣形同陌路嗎？「是。」我見識到瞬間由善轉惡的面孔，前一刻還推心置腹，下一秒翻臉不認人，維繫感情需要費心思，視若無睹還不簡單，熱情需要學習，無情從來都不需要學習，這個結局很好，有種鬆口氣的感覺，我不用再當任人宰割的分母，果然「凡所有相，皆是虛妄」，不要相信眼前的真實是此行來菲律賓的功課，眼前所見的好，並非真實的好，是因利益而來，而我卻被矇蔽，眼前的芳姐不是眾人面前的芳姐，是真實面目的芳姐，著實讓我驚嚇破表。

0909 星期一 晴時多雲偶陣雨
安靜的一天

一早，便聽到芳姐在門口跟新生說，她的室友是台灣人，是個麻煩……她可以再大聲一點，我總覺得，人年紀愈有愈要懂得溫潤，張牙舞爪有失德性。

從昨天開始，芳姐便不再和我說話，突然覺得今天好安靜，旁邊沒有人叨叨絮絮，沒聲音總比吵好，終於可以專心寫文章，很多時候我多半是一個人，插空檔寫寫隻字片語，旁邊一有人就完全無法思考，而過去我們總是晚餐後回到寢室然後聊聊當天課堂上所發生的事，滿好的，只是我便無法專心寫作，通常，晚上是我靜心寫功課的時間，現在又能安靜的寫作。想想，要當朋友不容易，能當好朋友更不容易，很慶幸及早「結束關係」，不然以她的個性，我會有吃不完的苦頭，感謝老天爺昨天推了我一把，把話說出來。

我把除了上課外的時間拿來寫作,所以沒有再多的時間預習和複習英文,也無心交朋友,所以,我現在是連一個朋友都沒有了,但我依然享受此時,享受孤獨。

....

　　早上遊學中心送來月餅,才想到下週中秋節了,我卻一點感性也沒有,真糟糕。

0910 星期二 涼爽
八點檔

　　早上有一堂老師 J 的課,J 是我與芳姐唯一交集的老師,一上課,J 告訴我,芳昨天去辦公室提出要換掉她的申請,她很訝異芳提出這樣的請求,我唯一能理解的是,芳姐不想與我有任何連結吧!J 覺得這是我們的私事,怎麼會到辦公室要求撤換她呢?對她無疑是一種傷害,考核會影響她課堂的多寡,而辦公室給的回覆是「沒有正當理由,不得任意更換老師。」我對 J 的無妄之災感到抱歉,並告訴她,從週日起芳姐沒再和我說過話,J 說她知道,芳有跟她說,並且問,我有沒有說芳什麼?而我並不想知道芳姐說我什麼。

　　我把大概經過簡單陳述(我的程度只能簡單陳述,想要精彩演說也無能為力),而其中好笑的是,開學日,校方發給每位同學一個捲桶衛生紙,芳姐說她不愛用,於是送給了我,一直到昨天我才拿出來準備要用,今早發現衛生紙悄悄地被拿回去了,一定分手就要拿回東西嗎?連衛生紙也不放過,太幼稚了。J 最後說,她選擇相信我,並且要我心情別受影響,要記得我來此的目地是

學英文與渡假，兩週後就 say goodbye，別理她。謝謝唯一知情的人選擇相信我，話說回來，我並不想和一個老太太較勁，太沒意思了。

有些事，輕如鴻毛卻又重如泰山，很多時候我們不知道我們正在經歷什麼，如同這件事。

下午課堂結束便趕著去與榴槤相會，哪知，它跟別人跑了。

0911 星期三 晴時多雲偶陣雨
領飯

這週來的人比走的人多，連著兩天中餐都大排長龍，排到門外去了，對於排隊吃飯我向來不愛，但這兩天我倒挺享受長長的人龍，等著領飯吃的感覺，實在是校園沒什麼活動，排隊領飯還滿像課後活動的。

今天發佈公告，下週結業的同學可以去辦離校手續了，都說第二週會比較進入學習狀況，我則是到了第三週才感覺開始要進入狀況，比較聽得懂課堂上老師所表達的意思，就要辦離校手續，辦了離校手續後，有一種要回家的期待了。

0912 星期四 晴時多雲偶陣雨
瘟神

繼開學第一週一個大男孩主動找我講話至今，終於又有一位小女孩主動找我說話，一個日本女孩，基本上她英文也不太好，我們倆用著很生硬的英文對話著，我覺得這樣好，程度相當，勢均力敵，彼此沒有壓力，互相聽不懂的時候就笑笑帶過去。意即，至今，我尚未主動找人聊天，感覺我去洞穴遊學就好了。

5點後是學校的社團活動時間，我選了有氧舞蹈，是一天當中唯一可以動動身體的時候，老師一樣是J，課堂結束後，J叫住我，要我稍後再走，有話跟我說。原來是芳姐今天下午找她，跟她要回開學第一週時送她的禮物，J問我，她是怎麼了？病了嗎？我回：「不知道，但她的一些行為確實令人匪夷所思。」從芳姐送她禮物我就覺得怪怪的，怎麼會送用了5、6年的絲巾給初次見面的老師呢？也才兩週，又跟她要回來。J說：「還她沒什麼，一條舊絲巾。」我們都知道重點不在絲巾，而是她的行為，J覺得不正常，指著頭連說她的頭腦應該有問題，我說連衛生紙都擅自取回，後來又趁我不在時拿走她給我的原子筆（她從台灣帶來一大把美語補習班的贈品筆），要拿回絲巾好像又顯得正常……J跟我聊了一會兒關於芳姐在校其它怪異的行徑後，說再忍忍，再一週就送走她了，要我別跟學辦經理說起此事，她還得保住飯碗……，感覺芳姐像瘟神把我們倆搞得七暈八素，此刻，我的遊學生活彷彿來到八點檔鄉土劇。

0913 星期五 晴時多雲偶陣雨
舟車勞頓

　　我們在凌晨 12 點半出發，一行 15 人，除了司領外，都是從台灣來遊學的鄉親，塞滿一輛麵包車，準備跨區到 Bolinar(博利瑙) 跳島去，兩天一夜遊，只是，不懂為什麼當地的團總要在半夜出發 (這裡旅遊特色)，我可以明瞭是為了多爭取一些遊玩的時間，但滿疲勞的，驅車 4、5 小時，一大早抵達景點，一車人均睡眼惺忪，哪怕見了大海，大夥也嗨不起來，商家也尚未開店，少了一點活絡的氣氛，接著，雨開始飄下，造成有些景點無法成行，美中不足。

　　中午，導遊妹妹安排船上午餐，我因為終日舟車勞頓，完全沒胃口，吃點水果後便趴在桌上小憩；行程約 4 點結束，回到民宿，自由活動，我獨自到海邊散步，看能否尋到寶，帶個貝殼回家，或許不是假日的關係，商店街顯得冷清，最終只尋得一個中型貝，作為此行留念。

　　這次的導遊同樣是我前兩次出遊的導遊妹妹，她在台灣待過 10 年，照顧老人家，中文算好，第一週跟她的團與她認識後，第二週我們便聘請她作為一日嚮導。因此，我連續三週與她見面，也是我在菲律賓唯一導遊，已經可以無話不談。在行程空檔，她來與我說話，一開口便問我與芳姐怎麼了？我反問她，怎麼了？她明講芳姐有打電話給她，編派我的不是，我說明原委，她則簡單扼要說，她以前在台灣照顧那個老人，頭腦有問題，她聽芳姐講話，就是那種感覺，我試著推翻導遊妹妹的說法，我認為那是在合理化芳姐不合理的行為，但導遊妹妹很有把握，說她曾經照顧這樣的老人很長一段時間，她老了，頭腦有問題的，「她應該去療養院，而不是來學校……」這句話讓我大笑。

果然是八點檔，又有了新劇情，而我的防備心不是沒有，從來我的筆電沒有瑣密碼，昨天準備外出時，心中惴惴不安，隨即將電腦設定密碼，並且藏起來。這時，不免覺得芳姐的世界有兩個，在正常的外表下，有另一個扭曲的世界。

0914 星期六 晴
跳島

　　團裡有位郭姐，整整大我 10 歲，我覺得不老啦，但同行的年輕人都叫她「阿嬤」，是郭姐自己說她已經是阿嬤了，叫阿嬤剛好而已。得知她完全沒有英文底子，拼不出完整的一個單字，卻勇敢出國「遊學」兩個月，好生佩服，水上活動全參與，高空滑索也沒在怕，所有年輕人參加的，她都沒跳過讓過，還超前一個「看日初」，全團只有她去看日出。反觀我所有的活動都沒參加，我害怕海水，也不想在高空上嚇自己，有團員問，那為什麼會參加這個行程？並不是所有的活動都要親身經歷才能感受到快樂，情緒是會渲染的，快樂、悲傷、憂鬱、痛苦……都能夠影響別人，別人快樂的同時自己也能感染到快樂。但我覺得郭姐真正的強項是唱作俱佳，總在車上炒熱氣氛，可以把一件很生活的事，講得栩栩如生，很有畫面感，令不擅言詞的我欽佩，我是文字的人，說話對我來說相對笨拙，因此，有時我會開玩笑，聽我說話要付鐘點費的。

　　來菲律賓三週了，至今第一次跳島，也感受到熱帶島嶼的「熱」情，與碧瑤終日涼爽的氣溫迥然不同，我們登了好幾個島，有的島浮潛、有的島高空滑索，其中百島公園 (Hundred Islands) 是比較大的島嶼，逗留時間相對長，得以盡興遠眺海洋，今日晴空萬里，海洋靜謐，怎麼拍怎麼美麗。下週將返台，用這趟跳島之旅為此次菲律賓遊學畫下「遊」的句點。

0915 星期日 晴
看到鬼

　　學校假日只提供早午餐，9點到12點，我9點上樓吃飯，芳姐還再睡覺，9點半下樓，一進門，撞見芳姐穿著睡衣，披頭散髮，正佝僂將我的髒衣服從環保袋倒出來，散佈一地，然後將環保袋拿走，她一言不發，我彷彿看到鬼，那個環保袋是上週隔壁寢室同學離校後給她，當時她說用不到便給了我，目睹這一幕，直覺她瘋了，而面對她失控的行徑，我一句話也說不出來，默默地將衣服拾起放進較小的環保袋，內心充滿悲憫外，突然對人生感到困惑，要經歷什麼才能將一個人扭曲變形？她趁我不在時到底作了多少見不得人的事？至此，我終於相信她真的病了。回想過去種種她包裹著糖衣的行徑，那種溫柔的笑裡藏刀，突然不寒而慄。

　　俏皮的想，因為她，才有了八點檔高潮迭起的劇情，為我的遊學生活增添故事性。

0916 星期一 颱風
步步驚心

　　早上上J的課，一坐下，我們像在交換情報一樣，她說她帶來絲巾要還芳，芳又說不用了，J覺得她病得很嚴重，J完全不想要那條絲巾，那是一條令人記憶不好的東西，會在芳離校前塞還給她，我完全贊成，穢氣；而我則告訴J昨天早上發生的事，J寫下「精神病患」要我特別小心她，晚上別熟睡，要保持警惕，甚至床邊、枕頭下放個尖銳的物品，以防芳萬一失心瘋傷害我……我是覺得不至於啦！但J覺得瘋子之所以為瘋子正是因為行徑是無法預料的，這點我同意，但依我判斷，芳姐沒有殺害人的能力，一個近70歲的女人，了不起幹些偷雞摸狗見不得人的小壞事吧！

整節課我們都在討論精神病患的行為與芳姐的種種行為不謀而合，J說教學以來從未遇過這樣的事，令她不堪其擾，也為我的人身安全感到不安，她希望我一切安好，平安回台灣，彷彿我身陷火海，此時我們有志一同都很期待這週趕快結束，不要再見到她了。

　　時至今日，我的遊學生活已經不是鄉土劇，進階為驚悚片了。

0917 星期二 / 中秋節 颱風
外國的月亮

　　外國的月亮沒有比較圓，月亮剛好在我窗口上方，朦朦朧朧，雖不明朗但猶亮，今晚月亮倒是沒出來，是昨晚現身給我看，也是來碧瑤將近一個月第一次看到月亮，我想是中秋節的關係，特地來看我了，這裡的晚上大半時候都是霧茫茫一片，伴隨細雨，挺美的，看著月亮期待回家了。

　　因為是在異國，其實沒有多大的氣氛，尤其這兩天颱風，終日下著雨，有點冷，學校裡台灣人也就70人左右，我因為不社交，所以也不曉得大夥去哪了，只覺得宿舍裡滿安靜的。

0918 星期三 涼爽
烏鴉

　　早上坐在窗前發呆，見三五隻烏鴉飛躍而過，隨即停留在大王松樹梢上，這些日子以來第一次看到烏鴉飛過，我的花園也有一些烏鴉，我覺得牠們要來接我回家了。

說不上來對烏鴉的情感，烏鴉大概是所有鳥類最受爭議的，有些文化視為吉祥象徵，有些則視為不祥，應該沒有鳥類像烏鴉這樣讓不同文化的人又愛又懼吧？但根據文獻，烏鴉是最聰明的動物之一，能提前制定計劃，光是這點至少可以把它歸類到「好鳥」行列。

小一時，父親在外地工作，發生意外走的那晚，我夢見烏鴉戴著父親的帽子站在樹枝上，樹下的我仰望著牠，說那是父親經常戴的帽子，請還給我。從此烏鴉一直烙印在我腦海，也會覺得是不吉利的象徵，移居到山上後，有一天，烏鴉開始飛來這裡棲息，偶而停留在樹梢，偶而站在高空電纜上，時不時引吭高歌，就屬牠的歌聲最獨特，一開口就知道是誰在唱歌，牠們成了這裡的一份子，我開始會想起小時候父親的影像，很微弱很微弱，我甚至沒有具體與父親生活的畫面，此後我不再覺得烏鴉是不吉利的象徵，反而是對父親的思念，間接思及母親尚年輕便失去依靠的辛苦，父親用不同的意識形態出現在我週圍，又或者烏鴉是信差，牠只是帶來訊息，人，又不是牠害死的，若不是那個夢，我恐怕記憶中會沒有父親的連結。經過四十幾年重新思索那個夢境，再對照現今山上棲息的烏鴉，我想那個夢境已經預告我有一天，我會有一片森林，而牠們會來我的森林裡，每當我仰望樹上的鳥，就會看到那個小女生同時仰望樹梢的畫面，感謝那個夢境一直留存在我的記憶裡，將父親僅有的微弱的記憶一起留存。

看著停留在大王松樹梢上的烏鴉，家，派信差來了，而我也將啟程。

早上正在梳妝打扮準備上學時，導遊妹妹傳來訊息，說芳姐瘋了，居然說要去住她家！導遊妹妹說，也才見過兩次面，怎麼會想去住她家呢？她家又不是酒店，芳姐那麼老了，萬一發生什麼事，還得了？至於芳姐為什麼會找上導遊妹妹呢？其來有自。

　　學校規定最慢離校日是 9/21，但芳姐回程機票訂 9/29，她想到馬尼拉玩 8 天，卻完全沒計畫，一直到第一週我們出去玩遇見了導遊妹妹，第二週又找她當地陪，芳姐靈機一動，索性最後那幾天請導遊妹妹當她嚮導，於是這一週她們開始密切聯絡，而週末、週日導遊妹妹要帶團，請芳姐自行處理，或跟她的團一起出遊，但芳姐兩者都不要，直接了當說要去住她家等她，但導遊妹妹拒絕一個只有一面之緣的人住進她家，芳姐竟生氣了，態度極差甩她電話，搞得導遊妹妹暈頭轉向，這過程中，芳姐完全沒有提出關於費用的事，更令導遊妹妹不知所措，才會一早傳來訊息跟我抱怨，我快要變成八卦情報中心了，其實她們通電話的時候我就旁邊打理準備上課，芳姐的口氣我完全聽在耳裡，她不是導遊妹妹的責任，沒道理對一個可以協助她的人發脾氣，更不是一籌莫展後用咆嘯的方式來掩蓋自己的無能，太差勁了！

　　再兩天就可以揮別芳姐，這兩週她像惡夢一樣，如果用宗教的說法，她是我的冤親債主，不管我躲到哪？她都找得到我，總算是還清了一個冤親債主，此後就算相見也不相識了。

九月

0919 星期四 颱風過境
浪漫句點

　　學校課程上到今天，而我自己提前上到早上就結束，下午便跑到校外咖啡館，雖然風雨飄搖，但我想，再不出校門，後天就要回台灣，風雨也是風景，就這樣溼答答地衝進咖啡館。

　　我把最後一堂課留給咖啡館，畫下遊學—「學」的浪漫句點。

0920 星期五 雨
最後一夜

　　今早是全校測驗，自由參加，我當然不參加囉，參加就不是我的風格了。在房間整理行李，昨天已將還上得了檯面的衣服分送給教我的其中三位老師，棉被也不帶回了，此趟旅程並沒有特別購物，就只買了一只花瓶和一個中形貝殼（桶形芋螺）聊表一下遊學紀念，那只花瓶高 80 公分，青銅漆金後刷白的外表，是導遊妹妹陪我購買，我選這只時，她狐疑看著我，那麼多新品，為什麼要選這只看起來舊舊的花瓶？還那麼貴。我說，那叫復古，她笑我了。花瓶跟我的行李箱一樣高，加上包裝，硬是斜對角塞進行李箱跟我一起飛回台灣。

　　下午和導遊妹妹約在 SM 購物中心喝咖啡，沒想到連晚餐也一起吃了，所以也錯過了結業式，但那一點都不重要，妹子問我，結業證書不要啦？換我笑了，我要那張作什麼？難不成還要找工作？我的工作已經夠多了。

在碧瑤的最後一夜，沒有不捨，只覺得可惜，來一個月只去了幾個景點，跟妹子相約明年若有時間再來，徹底走一趟山城周邊的景點，再有勞她作陪了。

0921 星期六 涼爽
休養生息

趕早來到機場，整晚幾乎沒睡，接下來是一連串的舟車勞頓，預計奔回山上七、八點跑不掉。

這趟最大的收穫絕不是英文大躍進，而是我的身體休息了一個月，回想，好久沒有讓身體休息這麼久，尤其近六年，我的身體一直處於極度勞動狀態，這次一個月沒工作應該是就業以來最久的一次，只有把我與花園隔離，身體才能充份休養生息，感覺滿好的，養精蓄銳後已經迫不及待要回工作崗位了。

回程的路上，最想吃的台灣味居然是大腸麵線，回到山上果然八點多了，還好不算太晚，終於沒室友的干擾，也是 30 天來洗澡最暢快的一天，學校的蓮蓬頭是用滴的水量，又忽冷勿熱，完全沒有花灑的舒適感，回到家的感覺真好。

0922 星期日 大雨
美麗舒心

昨晚是 30 天來最舒眠的一晚，一早醒來迫不及待去逛花園，而我最掛心的是水源處，一個月沒去巡查，還好一切平順，在碧瑤的日子，每天都下雨，回來的第一天依然下整天雨，就算下雨還是那麼美麗，跟我的心情一樣美麗舒心。

0923 星期一 晴
話當年

　　許久未見放晴的日子,今天終於見著太陽露臉,得以曬曬太陽,不然我都要發霉了。賴老師說要來接風,其實是找理由一起吃個飯,分享彼此旅遊的心情,這期間她去了日本十天,我們一致覺得旅遊是一件很累人的事,但仍然要去作,而且要和志同道合的朋友一起創造回憶,當走不動的時候才有「話當年」可吹。

0924 星期二 晚上豪大雨
蚵瓣蘭

　　今年的蚵瓣蘭來晚了,估計是數量減少的關係,蚵瓣蘭十三年來從一開始的 4 千盆左右到現在不到 1 千盆,數量逐年降低,包括虎頭蘭都是我刻意將長勢較弱的植株淘汰,我想,7 年後或許我們可以一起撤退。

　　今天出了今年第一批蚵瓣蘭,剛產出的花,瘦不拉几,就 30 幾枝,一開始還猶豫要不要出貨,沒想到拍價卻是前所未有的新高,85,有點嚇到我了,謝謝蚵瓣蘭的貢獻。

0925 星期三 涼爽
風箏

　　好久沒去台中了,雖然只是短暫逗留姐姐家,但就是在台中,對於身在台中,仍然有說不上來的鄉愁,我已無家可歸,心卻繫著,像風箏,不管飛的再高再遠,我知道,永遠有一個「台中」在牽動著我的心。

0926 星期四 晴
拔草

　　不知道有多久沒有拔盆草了，出國一個月回來，見蘭花盆的雜草已鋪天蓋地，都不知道阿山在忙什麼？每天打電話回來，有一半的時間說是在拔草，這個月花苞紛紛展露頭角，而花田還有一半的雜草未除，這兩天我很乖，坐在花田裡拔草，天熱，很快就汗流浹背，頭昏腦脹，回味接花園的前幾年，總是一坐就是好幾小時，靜靜地拔草，那時覺得自己就像小和尚挑水，練基本功，皇天不負苦心人，幾年下來，終於坐到莊主的位子了，笑；自從有了工人後，基本工作就交由工人，我則有了較多時間親近樹，擁抱樹，尋找屬於自己的寧靜，難得再度回味過往簡單卻不容易的工作。

　　去年賴老師給我的錦雞馬兜玲，經過一年，就在我回國後陸續驚見許多小鳥（我覺得像小鳥更甚於雞）在藤蔓上飛，所以，花園裡現在有兩種馬兜玲，另一為大花馬兜玲，兩馬同時在空中遨翔自得，絢麗奪目。

0928 星期六 晴
教師節

　　兩位山居友人傳來訊息，說特地去布袋魚港準備了海鮮，要來料理與我共進晚餐，我問吃什麼名目？說是吃好久不見的，那也準備的太豐盛了吧！蝦、蟹、魚、蚵……盛情，要是少了山居友人三不五時探望，我的生活不知要多乏味呀！

　　席間聊到今天是教師節耶！我想到的居然不是我的老師們，而是曾經教過的一個學生，也是我津津樂道的一件事，長話短說：那年，剛踏入社會不久，教國二放牛班，我因為上課督導不周(放牛吃草)，被好學生檢舉，於是被校方提前解聘，一個每週要跑輔導室接受心理輔導的問題學生在輔導室第一次哭了，輔導老師訝異他的反應，特地跑來看我，想知道我的魅力何在？(哈，開玩笑)為什麼會讓一個叛逆的大哥級學生捨不得，我也不解，於是課堂上我問他，他說：每次上課他趴在桌上睡覺，所有的老師都會叫醒他、罵他、打他、罰站他，只有我會走到桌邊關心他怎麼了，然後好聲地說：「好好睡覺。」只差沒說：「老師不吵你。」哈哈，我被解聘剛好而已。

0930 星期一 涼爽
車故障

　　上週回來後，車子的老毛病又犯了，自從 6 月搬離台中，車子的保養就在嘉義作，這次保養廠建議要到更專業的廠維修處理，想了想，只好牽回台中之前的保養廠，問題來了，牽回台中後，要怎麼回嘉義？這個問題困擾了我很久，台中，很熟，卻也沒熟到有人可以借我車回來，我可以搭車回嘉義，但回到了嘉義，要怎麼回山上？找朋友專程來接我上山？我也開不了口。欠錢好還，欠人情怎麼還？已經欠一屁股人情債了，最後的想法是坐計程車吧！1 千元就可以解決的事，只是，很簡單的事，卻苦思無人可以相助，不免有點愁悵，此時若身邊有個「自己人」該有多好，明天看著辦吧！

十 月

你問我的人生有遺憾嗎？當然有，很深，我寧願年輕時愛上欒樹，讓愛久一點。而我卻在步入中年才愛上欒樹。

十月

1001 星期二 涼爽
颱風假

　　無風無雨的一天，卻放了颱風假，下午將車子牽回台中，台中天氣也不錯，辦了些事，硬是晃到與小史約好的時間到保養廠見，最後是小史自告奮勇要送我回嘉義，與小史有一層主雇關係，讓他送，我比較沒有人情上的壓力，但還是很感謝有這麼忠誠的員工，畢竟是佔用到私人時間，回到山上都晚上九點了，而他再回到台中也十二點了，說好的颱風假呢？之於他。

1002 星期三 飄點小雨
八千萬

　　正在為三個月前採集的黃檀換盆，那時才10公分高，轉眼有一半已30公分高，三吋盆已不成比例，換上7吋盆可以持續到明年5月時地植，正滿手泥巴，接到一通電話：「請問是陳先生那裡嗎？我這裡是建設公司。」我回「不用了。」隨即掛斷電話，正要戴上手套，電話又馬上響起，那頭很有禮貌請我等一下，心想，是行銷電話吧，就聽她兩句，她說：「有位陳先生在我們新建案（信義路和復興南路口）的官網，留下這隻電話0912……，應該是您先生留的吧，可能您比較不會漏接電話，不好意思，打擾了，我們是回覆跟您說明。」我只知道台北有信義路，但還是求證：「台北嗎？」「是，陳先生留下的訊息是需求40坪。」我「哦」一聲，已經講兩句，手邊工作要緊，正想掛電話，對方緊接著說：「順便跟陳太太報告，現在一坪190—210萬，再和先生商量看看，若要來賞屋，敝姓鄭……」

什麼！一坪 200 萬？是什麼概念？我只看得起一坪 20 萬的房子，希望真有一位「您先生，陳先生。」能看 8 千萬的房子，我還在這裡種什麼小樹苗，弄得渾身爛泥巴幹嘛呀，雖然 8 千萬的房子令我咋舌、心裡頭小鹿亂撞，但我冷冷的回：「好的。」這種數字，不像行銷電話，倒像留錯號碼，還是繼續作工比較實在，別作白日夢了。

1003 星期四 午後雨
三天颱風假

連放三天颱風假，但此次颱風，花園感受並不大，前兩天最多就是飄點小雨，今天則是午後陣雨，颱風假對我們而言沒有意義，天氣允許就工作，不允許就算沒颱風假也是休息。

1004 星期五 涼爽
風塵僕僕

我的白馬王子(皮卡)5 年跑了 15 萬公里，沒有偷懶，只是最近元氣大傷，進廠 10 來天還在診斷中，下午只剩下小雞(機車)，小毛驢(貨車)阿山開去噴藥，只好將裝花的箱子捆在小雞屁股上載下山，這樣確實很有送貨的 fu，只是久沒騎機車，時速 20 公里，原本一趟開車只要 20 分鐘車程硬是騎了 40 分鐘，來回乘 2，快把姐姐折騰死了。

三天颱風假苦了花農我，現在正值輕瓣蘭花期，所有的拍賣市場都休息，花出不去，很不想騎小雞下山，但今天不出，後天又休市，再來就下週了，花會折損，不把花賣出去愧對花農身份，於是風塵僕僕下山、上山吃了滿嘴砂回來，希望白馬王子趕快回來呀！

後記：今年軛瓣蘭產量創下歷年新低。

1005 星期六 午後陣雨
「無」的生活

眼見下個月就音樂會了，今天卯起來一一詢問朋友，119(音樂會)要不要來，其中一位朋友無法言語、也無聽力、無業大半輩子，她回我，每天總是努力的活著，活在無聲的世界裡，來這裡的交通對她是一個很大考驗，我知道她的世界很孤寂，我說：「好好活著就是對自己最大的回饋。」她重複了這句話，這也是我經常對自己講的一句話，當不知道要怎麼走下去的時候就跟自己說：「好好活著就是對自己最大的回饋。」吃飽了再想怎麼走下去，然而這位朋友連基本的飲食都無味，她敬佩我山居生活的勇敢，我反而敬佩她面對「無」的生活的意志。

1006 星期日 午後小雨
採訪

朋友介紹台南古都電台的主持人來訪，淺談後，邀我上廣播節目，因為她的節目已排到月底，但為了讓我即將舉辦的愛心活動－音樂會更廣為人知，特別讓我插隊，定在11月的第一週播出，主持人還設想周到，當地的平面記者她熟，興許安排記者同時採訪我，讓花舞山嵐與我的能見度提高⋯⋯山居生活愈來愈有趣，說不定下次就會有人介紹導演或編劇來，然後將花舞山嵐搬上螢幕，或將場景搬來花舞山嵐哦！

十月

1007 星期一 午後小雨
收穫

今天來訪的客人是我在碧瑤遊學唯一結識的同學Jun(寫在8/25)，一個帥氣又可愛的大男孩，我們的交集只有兩週，臨別時我隨口邀他有空來山上玩，沒想真來了，還帶來他高中女老師，游老師，感覺Jun是為了讓游老師與我認識而認識我的，因為和游老師的話還比跟他的話多。

我在碧瑤的一個月，零社交，連用餐都刻意選擇單人座位，很明顯的用意，我們偶而在吃飯時相遇，彼此打個招呼，最多就是聊個三五句，有時他不講話，光站著聽我說，所以算是我在學校講最多話的人。回來後不少人問我，在碧瑤一個月的收穫是什麼？我完全想不起來那一個月有什麼收穫，說學習面也沒有，說心靈面也沒有，說有什麼見識也沒有，今天見著這位同學來，應該是唯一的收穫吧！至少還有一位小老弟來探望姐。

話說回來，最大的收穫還有一個，就是，原來我可以放心出門一個月，而不牽掛花園，反觀四月份去印尼也才12天，卻像要去一世紀一樣，交待這交待那，菲律賓的一個月我反倒心無旁鶩，全然的放空，前所未有的一空。

1008 星期二 (寒露) 午後大雨
一舉殲滅

昨天帶Jun及游老師導覽花園，從杜鵑環路A回來，快結束前游老師突然被蜂攻擊，螫了四針，早上我想去查看蜂巢在哪裡，邊講電話，還不到我以為的地方，突然也被攻擊，我的「自以為」害慘了自己，一群小蜂在我頭頂上亂竄，我完全不知道蜂巢在哪

裡？一陣荒亂，抬頭一撇就在我頭上方，梅樹枝條上，趕緊先撤離，算算也螫了三針。

我決定再走一趟案發現場，確認是什麼蜂，這次我步履輕盈，慢慢靠近，居然同樣是去年被螫而導致昏倒的蜂(今年是去年被螫的三倍，但沒事)，變側異腹胡蜂，因為太好認了，像牛舌，一眼就看出來，這個比去年的大，大於一個巴掌，因為會是經常走動的路徑，只是被葉子掩蓋，為免再有人不小心從蜂巢底下穿越，進入它的防禦範圍而引起騷動，決定消滅它，殺手讓阿山做，我在幕後指導，先是水攻，後是火攻，終於將蜂巢一舉殲滅，撤退。

1009 星期三 午後陣雨
就診

游老師被蜂螫的傷口有一處極為紅腫，她表示想來阿里山的救護站就診，畢竟這裡的經驗值高，加上三天前在我這裡擦一瓶草藥膏她覺得止癢效果奇佳，她想來一趟，於情於理我都欣然接受，回想，應該在第一時間便帶她去救護站才對，當時被螫四針，我以自己歷年來的經驗不以為意，忘了對方的生活環境截然不同，忘了被蜂螫的嚴重性，我的掉以輕心讓游老師多吃了兩天苦頭，尤其在被螫之前聽我說去年被蜂螫昏一事，那種無形的心理壓力，肯定充斥在兩天的每個角落裡，讓她無法成眠。

而我這幾天並沒有車，幾次想跟賴老師借車，也都無疾而終，時間上我們總是兜不攏，很大的因素是我並沒有那麼迫切需要，今天不用兜，就攏了，因為我必須去高鐵接游老師，再次與賴老師情商借車，果然箭在弦上就是不一樣，車借到，人也接到了，風塵僕僕到了救護站，我也順道掛了診，醫師覺得過了兩、三天

人沒事應該就沒事了，但看了游老師其中一個傷口確實有疑慮，若惡化恐爲蜂窩性組織炎，我想這也是游老師這兩天一直憂心的傷口，還好，時間上沒有拖太久，打了針、拿了藥，還有我的草藥膏，相信今晚游老師一定會睡得很好。

1009 星期四 涼爽
音樂會宣傳

再一個月就是音樂會，是我發心爲黃南海老師募款的音樂會，黃老師帶領「台南愛樂視障合唱團」多年，總是到處募款，年初我自告奮勇爲黃老師在花園裡辦一場音樂會，實在是有點超乎能力了，就全力以赴吧！

團員們正加緊練習，雖然看不見大家，但聽得見大家的鼓勵，他們都好期待來花舞山嵐哦！這一場演出有別於其他商演，不是室內，沒有正襟危坐，而是在充滿鳥語花香的大自然林間，是最貼近聽眾距離的一場演出。

特別感謝「嘉義樸韻合唱團」全力支持站台(獻唱)，花舞山嵐農莊也全力支持，無償提供場地、人力、茶點、獎項，以及統籌，特別是首席歌手壓軸，不少人問是我嗎？哈哈，別鬧了，是我阿美族手帕交—惠玲，與生俱來的天籟歌喉，當天將會是一場別開生面的音樂饗宴。

票券所得將全數給予台南視障合唱團，如果當日您不克前來，也歡迎您支持一張票，在臉書上收看直播，我們一樣會將您的票券參與抽獎，抽中獎項並且寄出。再次謝謝您的共襄盛舉，深深一鞠恭。

1011 星期五 晴
不吃土

　　這個週末是我近幾個月來生意最好的一次，山上大哥剛好來工作，虧說難得的景象，我說是呀！吃了好幾個月的土，終於這個月不用吃土了。

1013 星期日 晴
白馬王子回來了

　　我的白馬王子終於回到我身邊了，它從來沒有離開我這麼久，從 9 月下旬它就顛沛流離，進進出出不同廠診斷，而我沒有它的日子真難過，非常不方便呀！完全不想出門。

　　故障的零件原廠只有換新，沒有修，給我的報價將近 14 萬，我轉而到朋友介紹的保養廠，位於中埔，老闆很用心，診斷了一星期，仍救不回來，因為設備不足，分文未取，同時建議我「轉診」到都會區，並且囑咐要找信得過的技師，維修項目不是小數目（老闆真細心），於是我開回台中以前的保養廠，這一放就是十天，技師先預告，修得回來 3 萬有找，修不回來再來估了……我每天很忐忑，希望救得回來，終於，2 萬 8 搞定，第一次修車這麼戰戰兢兢。

　　原本想從山上搭車，轉車再轉車，一路轉車到台中修車廠，構思了老半天路徑，最後一刻鋒迴路轉，小史先將車子牽至我兄長家，而賴老師要專車載我去台中，於是我們有了台中一日遊，先去了樹屋，再去逛文創市集，樹屋其實位於我以前台中家很近，但我從來不知道有這個地方，繞了一大圈，竟是從嘉義人口中得知；至於文創市集，多半是年輕人手作品，我倆逛了一大圈，自嘲是不是年紀大了，沒有一樣東西能打動老靈魂。

1014 星期一 午後小雨
雲頂牡丹

　　樹在我的生活中來來去去，有些一去不復返也沒放在心上，有些去了腦海卻揮之不去，像最近我一直想到「雲頂牡丹」，約莫5年前我種下兩棵，兩棵的位置分別在兩個入口處，經過三年，兩棵都已經有樹的模樣，強壯而美麗，也開始開花了，它的花像黃色絨球一樣，很豔麗，而兩年前為了將這兩個入口處拓寬，把兩棵雲頂牡丹都移植，當時移植倒也沒特別用心，欺負它好種以為隨意移植也可存活，殊不知很多事都不是「我以為」的那麼一回事，經過一個冬天，它掛了，我偶而會想起它，有時對某些花特別有感情，猜想是某段記憶的潛意識所造成吧！

　　對雲頂牡丹的記憶是在30幾歲第一次去新加坡，隨處的公園、廣場正盛開著，那時我對樹其實沒什麼概念，也不知道它的名字，只覺得黃得燦爛，就像當時的我對人生充滿燦爛的願景一樣；後來我開始認識樹，也忘了在哪裡，驚鴻一瞥這樹花好美，記下它的名字，便去園藝店買了兩株回來種，有次無意間看到曾經的相片，原來早在20幾年前就見過它，終於知道為什會對這個樹花特別情有獨鍾，因為第一次去新加坡那時的我，洋溢著幸福美麗，照片中倚偎著鮮黃的花更襯脫出旅遊中充滿無限的愛意，原來，雲頂牡丹，驚豔了年輕，深深烙印在我的潛意識。

　　我決定找回它，今天從台中回嘉義的路上特地繞到田尾花市，尋找心中的雲頂牡丹，跑了幾家苗圃，多數沒有，有一家說，難得有人專門跑來找這個樹；有一家有小植栽，被堆在角落，顯然疏於照顧很久了，不漂亮，有些甚至已枯死，勉強買了兩棵，就種看看吧！總是一線希望，突然很想念那兩棵已被我種得強壯而美麗的雲頂牡丹。

1016 星期三 晴
南非小表姐

　　小時候（小學）母親忙，寒暑假都會把我們送去鄉下外婆家，別不相信，那個時候我可要拎著衣服到小河溝洗衣服的嘿！不小心衣服漂走了，得趕快跑到下游從中攔截；還得切空心菜梗或鵝菜餵雞鴨鵝；還得疊香蕉，將香蕉疊得整整齊齊，幫忙外公的香蕉生意；還得掃地、洗碗、煮飯……，總有作不完的工作，不知道是不是回鄉下印象太不好玩，一直到現在，我都不愛吃香蕉。

　　外婆家隔壁就是姨婆家，姨婆家有大表哥、小表哥、大表姐、小表姐，而我大嫂當時是住在外婆家對面，那時她是我表表表姐，所以我們從小就認識，每年總在寒暑假相見，隨著我們長大，學校寒暑假有課業輔導，回外婆家似乎也劃下休止符……夠了，廢言太長，說重點，後來小表姐夫婦去了南非作生意，前陣子剛好回國，而她與嫂子除了是表姐妹外也是閨蜜，昨天，因為和嫂子要去高雄看阿姨，便邀上她，她要叫我阿姨「姑姑」，總有關係，才有了機會見面，再見面，不覺得竟有超過 30 年沒見過面，講的都還是小時候的事，彷彿我們還停留在小孩子。

　　回到山上。聽小表姐講南非生活的精彩故事，聽得我驚心動魄，尤其講到曾被槍抵著被搶劫三次，簡直不敢置信，想想我的山居生活顯得平淡許多；女生聚在一起免不了就是嘰嘰喳喳、吃吃喝喝，原本沒想吃蛋糕這種增肥的東西，但嫂子說我生日快到了，我馬上說這個理由好，藉題發揮，剛好小史、賴老師也來了，於是我們有了一個歡樂的下午茶。

1017 星期四 晴
節目單

　　節目表出爐囉！小史設計的很美麗，期待當天美麗的音樂會。請導航「花舞山嵐農莊」。不公告地址是擔心沒來過的客人用地址導航，會導到深山野嶺。

1019 星期六 晴
慶生

　　早上去古都電台接受採訪，第一次進錄音間，覺得自己的聲音變好聽了，專業收音果然不一樣。

　　晚上山居友人來一起慶生，我們生日就差一天，今年應該是第五年我們一起慶生，還記得恢單的第一年，來打工的小老弟知道我生日，特地買了一個蛋糕要為我慶生，我連蠟燭都不想點，更別說唱歌了，他陪著我看著蛋糕坐了好一會兒，回想那年真不是滋味，折煞了小老弟的好意，我是在那前一年生日前被告知「保重」，連慶生都省了，從此我的生日意義除了出生的歲數，還隱含著「被放生」的生日，所以我有兩個歲數，後者今年7歲；緊接著，農莊對外開放了，我的心胸也跟著敞開，認識一群山居友人，每年總是一群人來慶生，花招百出，後來我對「生日」的解讀就是找個籍口相聚，吃吃喝喝，也沒什麼好糾結的，管它幾歲生日，反而覺得大夥輪流過生日打牙祭，挺好的。物換星移，天下無不散的筵席，再長的接龍總有斷的時候，今年三人，溫馨簡潔，適巧櫻花林夫婦來晚餐，也是山居友人，先生與友人竟同一天生日，於是我們「擴大辦理」，5個人喝了5瓶酒，彼此初識的人在美酒的誘導下竟也聊得盡興，簡直是一發不可收拾，所以囉，相逢何必曾相識，相識自是有緣。

最後，醉了～

1020 星期日 晴
友愛

接近中午時分，帶著魚湯去隙頂看賴老師，一起午餐，她身體已微恙多天；晚上，賴老師回嘉義市區經過我這兒，把沒吃完的魚湯又給帶來，說是一起晚餐，還帶來她剛買的土雞，分享給我，山居生活就是這樣，不足為道的你來我往，分享彼此的友愛，也因為有愛，才讓平凡的生活有了幸福感。

1021 星期一 晴
全力以赴

印了 300 張票券，這是目標，大概也是場地容納人數的上限，雖然我不知道人在哪？就憑藉著這幾年累積的客人、朋友，我一張票一張票催出來，目前確定售出的票數約 150 張，繼續努力，有些是購買支持票，人不來，有些是一人多票，相信滴水也能匯聚成河，不然，嚴格說起來我是沒有辦愛心活動的條件，平常深居簡出，又不愛社交，既沒有人脈也沒有社團或企業支持，唯一贊助的是「菜脯根文教基金會」一個在地基金會，贊助音響設備。但衝著 85 歲的黃老師還在職場上拼搏，我再怎麼能力不足，哪怕募到的款項微不足道，都是我對黃老師最高的敬意。當然，我們的演出是有水準的，搭配包肥下午茶，絕對值回票價，期望給我們的支持者一個美麗的午後。

在此，先謝謝支持我和支持黃老師的朋友們，我們一定全力以赴，119 見。

1022 星期二 晴
台灣欒樹

又到了台灣欒樹變色的季節，我正開車行經欒樹下，心想，為什麼我會對台灣欒樹有一種特別的關注呢？總不經意放慢速度看著它，嚴格說起來它並不是特別漂亮的路樹，是從什麼時候開始它觸動我的心靈？往前推敲，就在台中住家附近的旱溪旁有一整排台灣欒樹，那是我經常要開車經過的路，如同此時，所以欒樹我並不陌生，但早之前卻不會特別關注，有情愫產生是在我開始獨自生活後，那是我恢復單身的季節，欒樹正花開花凋，仰頭是那黃花懂我，從此，見欒樹便有了一份情，也懂得欣賞它的美，難怪，我記憶中曾寫過，覺得它是中年人才懂得的含蓄之愛，熾熱的愛就像阿勃勒，有花就沒有葉，太你死我活了，而欒樹的黃花轉紅色朔果在綠葉中絲毫不減它的光彩，更顯相得益彰，而我卻在步入中年才愛上欒樹。

你問我的人生有遺憾嗎？當然有，很深，我寧願年輕時愛上欒樹，讓愛久一點。

1023 星期三（霜降）晴
預支未來

今天是我邁向55歲的第一天。下午在修剪松樹的時候，突然有一個念頭閃過，想閉門謝客，想過半隱居的生活，在未來的七年多，好好享受眼前的一片山，一片林，一片雲，很享受當下的安靜，好安靜，好享受，想就這樣一棵樹剪過一棵樹，沒有人驚擾，我可以抱著樹一直剪一直剪，與樹為舞，為樹作嫁；別問我那用什麼過日子？我的開銷一直是預支未來，說到這兒，不免要謝謝7年後的我，除了精神上支撐，金錢上也給予支持，如果

未來不要變動太大，賣掉這座森林，感覺應該是夠讓我過上半隱居的生活吧！

1025 星期五 晴
屋頂大作戰

猶記得四年前，趕在音樂會前將屋頂蓋上帆布，隨著時間日積月累，帆布在風吹日曬雨淋下逐漸泛白，更在今年凱米颱風的強風下將帆布吹得殘破不堪，眼見音樂會將至，是時間清理屋頂了。

借來伸縮鋁梯，就差那麼一點，於是派出白馬王子墊高，阿山將屋頂殘破的帆布拉掉，多數的螺絲已生鏽，只能用美工刀切掉破碎的帆布，四年前千辛萬苦扛上的帆布，四年後拆解也不容易，那時為了掩蓋斑駁的屋頂，突發奇想用印上「花舞山嵐」四個大字，紅底白字、白底紅字左右各一邊的大帆布蓋上，若有人空拍可以清楚看見那四個大字，尺寸是 12 米乘 7 米，非常重，數度拉不不上去，以為上去了，又掉了下來，如今，將那斑駁漆上紅漆，還給屋頂一片清爽，阿山在屋頂上前前後後，上上下下，應該有一周，也是不容易啊！

看著四年前的影片和照片，對照此時，樹長高了，愈來愈漂亮的農莊，忍不住要說，我的驕傲。

1026 星期六 傍晚小雨
工作安排

　　再兩週就是音樂會了，今天確定工作人員後，即著手分配工作，工作都很繁瑣，工作夥伴都是好朋友情義相挺，人員不多，只好分身多一點，在分配工作上盡量適才適用^^，在包肥區的夥伴看不到音樂區動向，只能輪流去觀賞，在我看來，廚房組準備餐食最辛苦，外頭歡樂洋洋，裡頭狹小空間，湯湯水水、弄刀弄鍋，2個小時的活動，咱可是煞費苦心了。預計當天人數200人左右。

〈工作分配表〉

　　謝謝參與工作的每一位朋友，當天工作人員會發送農莊紅T，作為工作人員識別。我大致將工作分配如下，不是硬性規定，負責包肥區(下午茶)的夥伴，可以輪流到音樂區聽音樂會，我想應該不會有聽眾一直待在包肥區啦！如果有，就是我們煮得太好吃了。

　　場地配置說明一下，這次的音樂會用到兩個廣場，一個是音樂廣場(我其實很想說「國家音樂廳」)，一個餐食廣場，國家音樂廳是主要的活動場地，販賣組在音樂廣場；廚房組和外場組在餐食廣場，主要是自助式下午茶的區域。票券組會在音樂廣場入口處恭候進場的聽眾。交通組比較適合交由男性，這才發現男人不夠用，當場應變了。

領　　班：莊主

工作人員：大嫂、小美、秀惠、惠玲、雲桂、惠如、蕙茹、慧卿、小史、光武、阿山、輝哥

票　券　組：大嫂、惠玲

　　　　　　票券分為已付費（取票）和未付費（現場購票），接待時間從1：00—2：20，時間差不多就將剩餘的票券交由販賣組的人員接著負責，您們到下一個崗位準備節目進行。

販　賣　組：小美、慧卿

　　　　　　負責農產加工品及福利社商品銷售，還有摸彩獎品和小禮品領取處。

廚　房　組：光武、雲桂、莊主

　　　　　　隨時補給美食，讓聽眾們對我們的下午茶餐點永生難忘。

外　場　組：惠如、蕙茹、惠玲、秀惠

　　　　　　負責餐檯，食物收送，支援廚房組以及週邊環境清潔，垃圾務必分類好，以便善後。回收（可燃燒、不可燃燒、廚餘、一般），廁所務必半小時輪一次清潔。

交　通　組：益宣、光武、阿山、輝哥（散場）

　　　　　　負責車輛引導，從大門入口至停車場，散場後亦是，特別是進出大門口，因為沒有反光鏡，須注意左右來車。

攝　影　組：小史、大嫂、輝哥

　　　　　　小史負責直播和錄影，大嫂、輝哥負責側拍和短錄（不要超過4分鐘）。

打　雜　組：阿山

　　　　　　雜七雜八的事就找他吧。

後記：有些組是失控了，完全沒有照表操課，廚房組與外場組最慘，忙成一團，打雜組的阿山也不見了，還好，後來多了一位慧子當幫手。檢討下來還是我設想得不夠周延。

1027 星期日 晴
且戰且走

下午送音樂會票去對面的寺院，寺院裡的師父都熟，聊起我一個讀書人在山區獨當一面，從無到有，一路披荊斬棘，巾幗不讓鬚眉，我所遭遇的困頓他們也都看在眼裡，再到現在有能力為人付出，直誇我不簡單。是啊！自己也覺得不簡單，我的不簡單倒不是為人付出這件事，而是一路走來的過程，當年遷居山上，一度以為撐不過兩年，沒想到已經撐七年了，至於，還能不能再「撐」個七年，告老返鄉，說真的，沒什麼把握，就且戰且走吧！

1028 星期一 午後小雨
楊董

楊董，一位企業界前輩，也是我忠實讀者，一年來我花園走走也就一兩次，知道這場音樂會的意義後，今天匯來一筆錢讓我運用，不知要怎麼形容當下的驚喜與感動，那種……當你默默幫助人的同時，別人也正默默幫助你，給你全力支持，本來這個月要吃土的（我什麼沒有，土最多），現在，我可以更放手籌措音樂會，由衷感謝楊董的仁慈與肯定，您的慷慨我銘感五內。

距離上次獨自開小毛驢出門應該有 5 個月，為了驗車，趕在最後一天繃緊神經打鴨子上架；這次還是為了驗車，但恐懼感已不再，所以不用再在內心掙扎，不用想最後的期限，再次開小貨車在蜿蜒的山路上，很自在，沒有絲毫的緊張，很高興自己終於克服多年來駕馭小貨車出門的內心恐懼，全程無熄火！

1029 星期一 雲霧繚繞
愜意生活

專科隔壁班同學來場勘,預計年初三家族聚會到此一宿。

我略作介紹環境,逛了一圈花園後,帶大夥坐在觀景台上喝咖啡,山景一覽無遺,同學的嫂嫂說我開皮卡過這種生活真是太愜意太令人豔羨,原來,我的白馬王子(皮卡)也是加分項目呀!

1030 星期三 晴
星爸爸

帶阿山回台中套房粉刷,以及採買音樂會食品,再將車子牽進廠繼續查看為什麼仍然出現故障碼,晚上就夜宿套房了。

粉刷套房收工後,真不曉得要上哪兒去?想想,附近的星爸爸從開業以來,好像只去過一次,又好像沒有,卻是我經常要經過的大門,這裡是我過去20年的生活圈,星爸爸一直是我夢想咖啡館的指標,從年輕開始出國旅遊,去到哪就是買他們家的杯子,幻想有一天我要開咖啡館,然後用他們家的杯子寫遊記作為特色,而今我真的開了咖啡館,卻還沒有實踐「用他們家的杯子寫遊記作為特色」這件事,或許日後吧!連同我的花舞山嵐咖啡杯一起寫故事。

簡單晚餐後,帶著筆電便往星爸爸家走去,7點左右,時間不早不晚,剛好是晚餐(後)時間,整間咖啡館人聲鼎沸,不少附近的中學生在此讀書,也不少婆婆媽媽,還有情侶……氣氛滿好的,可選的位子所剩無幾,坐在平常不會坐的位子(正中央),拿出筆電,開始敲鍵盤,想想,不管去什麼地方,甚至出國,我只要有咖啡館就夠了。

1031 星期四 狂風驟雨
狂風驟雨

　　颱風預測今天下午會是最嚴峻的時候，尤其會有 10 級以上陣風，加上觸口將在晚上 8 點封路，於是下午趕在 4 點收工，趁天黑前上山。此刻台中無風無雨，完全無感，無法想像狂風驟雨的樣子，上高速公路一接國三 (南投段)，開始有感覺風雨，但並不是那麼強烈，進入山區後，感覺來了！狂風驟雨，樹葉、落石滿地翻滾，風吹得我心慌意亂，眼前一棵樹橫倒，不久，又是一棵樹傾斜，水流從山邊湍急而下，雨刷快速地左右左右，黑夜中更像在玩障礙賽，一路驚險刺激。

　　昨晚住套房，車子呼嘯整晚，一夜無眠，今晚洗漱後，睡意已然上身，才 8 點多，今晚肯定好眠，晚安。

十一月

感覺是靈魂們坐在樹上的對話,一個老靈魂還再為看不見世界的靈魂們開啟道路,讓他們走得更自信,我的靈魂樂見自己的生命作這件有意義的事。

十一月

1101 星期五 風雨
風、雨、太陽

　　風、雨、太陽很聰明，它們能明辨生命，讓有生命的植物不斷長大，讓沒生命的東西不斷衰敗，所有的東西只要經過風吹日曬雨淋的手，時間久了，一定損壞，繼屋頂帆布後，這次換屋子側邊帆布，換上插畫風格，三個造形合體，充份表現出我在農莊生活的樣貌。

1102 星期六 涼爽
賣笑

　　露友的小孩跑來跑去，看到我，說：「你是老太婆了。」這小朋友真有意思，我說：「是呀！你怎麼知道，猜我幾歲了？」

「不知道。」

「我 80 歲了。」

「難怪那麼老了。」

　　原來在三歲小朋友眼裡我是老太婆了！其實三歲小孩對年齡哪有什麼概念，他到目前為止的人生只有三年，他的詞彙能用的也不多，他的可愛也正是他用僅有的認知表達所見，真希望我已經 80 歲了，就不用再在這裡賣笑了。

　　昨晚夢見坐在樹下和樹聊天，樹問我為什麼要留在這裡？我回：「因為你。」樹站起來走了，我感覺不出它的情緒，我以為他會很高興，但似乎不是，他起身的複雜表情令我摸不著心思，是愧對？還是不捨？很簡短的夢，卻意味深長。

1103 星期日 晴
梅味

　　為了週六即將到來的音樂會，整天都在忙梅子加工品分裝，感覺我今天一定全身充滿梅味。

　　接受電台的訪問在今天傍晚播出，我邊忙梅子邊收聽，主持人很給力，一直幫我推廣露營區，也打了音樂會的廣告，一切的努力都是為了週末的音樂會，期待來臨，也期待結束。

1104 星期一 晴
靈魂的對話

　　感覺可以謝票了，非常謝謝大家對音樂會的支持，票已售出8成，其中有三分之一是票券支持者(購票，人不來)給了我很大的鼓勵，預計當天可以完售，完全出乎意料，太感動了。

　　猶記得不久前賴老師還問我，辦這場我要花多少錢？我回答幾萬元，當時我售出票券的金額差不多就是我相對要花的錢，賴老師說有沒有想過直接將這筆錢捐給黃老師，還省得我花這麼多心思，忙得不可開交，我們都知道意義不一樣，也知道她是為我著想，我告訴她，一開始我的設想就是，最後沒售出的票我買下，會設定300張不是原因的，她不解為什麼我要這麼作？我與黃老師也就幾面之緣，說穿了並不熟稔，我也說不上來，感覺是靈魂們坐在樹上的對話，我們都是為夢想而努力的人，知道夢想的路有人拉一把更有動力繼續往前行，況且一個老靈魂還再為看不見世界的靈魂們(視障團員)開啟道路(演唱)，讓他們走得更自信，我覺得我的靈魂樂見自己的生命作這件有意義的事。

119 全體音樂表演者暨花舞山嵐工作人員將全力以赴，給大家一場美麗的花園音樂饗宴。

下午在絲柏區修剪珍柏，用樓梯墊高，突然樓梯一滑，整個人跟著滑落，瞬間告訴我，手抓著樹不能放，同時腦海閃過不能有意外，週末音樂會，除了我沒有人了解全盤流程，我想我的祈願山神聽到了，當時左手正拉著珍柏的枝尾，讓我的滑落有了緩衝，有驚無險，僅雙腳小腿骨撞傷，只是，枝尾那麼脆弱，居然拉住了我，不可思議。

1105 星期二 晴
退租

台中的房客臨時說要退租，今天回去和他們點交，5個月來第一次踏進久別的「家」，還是那麼熟悉，只是髒亂了點，所有的傢俱都位移了，包括牆上的畫作及掛飾，屋裡所有的傢飾(俱)像玩了一場大風吹，有些物品則明顯損壞，不知道這幾個月來它們經歷了什麼？

晚上躺在久違的床上，我好像回到它的懷抱，只是房間還沒清潔，厚厚的灰塵，還帶點煙味，讓我的鼻子奇癢無比，不斷打噴嚏，我蜷縮著身體，在床的中間，像個母體裡的胎兒，等待天一亮，便要偕同小史返回山上準備週末的音樂會，待音樂會結束後再回來好好收拾殘局。

1106 星期三 涼爽
付出

應該有兩年沒來的牧師夫婦,昨天傳來訊息,說最近忙到很想找個安靜的地方待上一晚,好好休息,便想到這兒,適巧我不在,我請他們自便,今早從台中回來,見著他們很是高興,牧師娘總是笑臉迎人,見著我如同老朋友般噓寒問暖。

農莊有些客人的收費比較便宜,原因很簡單,他們的工作多半是「付出」,相對我也願意為他們付出一些,而牧師夫婦是其中一對,臨走前我幫他們準備了兩份便當和咖啡,讓他們在路上不至餓肚子,我像送走老朋友一樣,要他們多「休息」,常來。

1108 星期五 涼爽
總動員

明天就是花園音樂饗宴盛會了,工作人員紛紛各從地而來,今晚聚集了各路英雄好漢,總動員我的好朋友們,還好有他們,不然我怎麼辦?明天萬事拜託,就靠大家成就了,一起呼口號～戰鬥!

1109 星期六 晴
謝幕

謝謝每一位支持的聽眾以及表演者,還有工作人員,是集合眾人的精神,造就慈善的活動,沒有您們就沒有這場音樂會,缺一不可;更重要的是,大家的願力感動了天,許當天一個好天氣,前幾天有聽眾問我,如果下雨怎麼辦?有備案嗎?我的回答始終如一:「繼續」、「沒有備案」、「 不會下雨了」,再次感謝各位,票

券全數完售,讓我交出亮眼的成績單,雖然大家都給予我肯定,但更多的是包容,我知道不盡完善。

因為是結合下午茶的音樂會,也鼓勵聽眾可以在欣賞音樂的同時品嚐茶點,出乎意料的是,聽眾素質好到真當成國家音樂廳了,沒有人邊吃東西,並且座位有限,有多數的人是站著聆聽,甚至有些人聽到感動處還落淚了。視障團員們或許這輩子就來我花園演唱這一場,相信他們肯定感受得到聽眾們熱情的回饋,而我所能作的就是私下給他們每人一個紅包,致上我最高的心意。

幾乎每一位聽眾的到來都令我驚喜,一半以上是過去幾年來累積的客人,您們真的來了!對面寺院住持一行人也來了;遠在美國的胡博士將訊息傳給在台南的兄弟姐妹,年近90歲的大哥都拄著拐杖蒞臨;我不認識鄉長,託朋友給送票去,不僅鄉長,連媽媽、太太、姐姐等都到場;還有台北的宋師兄一群20人,因為遊覽車進不來,只好自行開車前來;以及高雄的阿姨們前一天就抵達;來花園超過60趟的王大哥夫婦,80幾歲的王大哥最近身體微恙,我不太敢熱情邀約,也出現了;還有一些好朋友特地來助陣,買個票打個招呼即驅車離開……每一位的出現都令我感動;還有還有,人不能到,但購票支持的藏鏡人,我也看到了。不知道我結婚的那天,是不是也會有這麼多人前來?哈,天外飛來一筆題外話,希望能在這裡退休前,辦一場自己的婚禮音樂會,除了婚禮音樂會,我還想辦一場退休音樂會,煮幾道我的拿手好菜,邀請長期以來愛護我的支持者們蒞臨,感謝大家的照顧,前者不敢說會辦成,後者一定會辦,再次希望兩場都能成,我將這個訊息發出去,就等宇宙回應了。

聽眾很多，超過預期 200 人，其中有一位聽眾最令我感動，她聽不到、無法言語、不能享受美食，但自從得知有這個音樂會後，想方設法要來，猜想是我的造林精神感動了她，進而支持我的活動，當然視障合唱團的精神更鼓舞她，我與她互通訊息多次，看能否解決交通問題，一度無法成行，最後一週出現了轉機，山上大哥可以去接她，她的心願得以達成，再次告訴我，願力一旦發出，宇宙自然會幫你成就。而後，我們在音樂會的尾聲請聽眾們跟著我們一起動起來，她雖然沒有音樂節奏，但經由旁邊的友人帶著她一起律動，她仍然與我們同歡，看著她轉圈圈，臉上滿是笑意，真覺得好開心，我的努力、她的努力，我們的努力見證了這一刻。

最辛苦的莫過於廚房工作人員，煮了一天，型男煮廚煮到臉色大變，他老婆也就是我同學，跟著叫苦連天（我感覺他們倆應該會唸我一輩子，還好是一輩子的朋友），茶點好像永遠不夠似的，一補再補，幾乎亂成一團，整場活動最懊惱的居然是，昨天下午耗費了大半天，準備一百份的梅子凍，居然忘了端上桌，如今還躺在冰箱裡納涼，而外場同學原本三位也因為人力調度不當，導致只剩一位，唯一的外場同學說，如果還有下一次活動，她不要在外場了！桂姐則在晚餐端熱湯上桌時跌了一跤，當場腳嚴重挫傷，手則燙傷，我充份感受到餐食區人員的疲憊，也檢討自己確實安排得不夠周延，平均一個工作人員要服務 25 位客人，我回：沒有下一次了。

答應辦這場慈善音樂會自認為是不自量力，想想花舞山嵐這麼大，說穿了就我一個人，外加文將小史，武將阿山，農莊與我的知名度都不見經傳，營收還入不敷出，在資源與人力不足的情況下，貿然接下這場活動，承蒙愛護我的朋友們很給力，支援到

最後一刻,才得以圓滿落幕,在凝聚眾人的力量下,再度譜上攸揚的樂章,讓我的山居生活又憑添一件樂事。

黃老師夫婦一直謝謝我為他們所作的一切,但反過來我謝謝他們讓我有機會為大家再辦一場音樂會,四年來三不五時總有朋友敲碗,問什麼時候再辦場音樂會熱鬧熱鬧?我其實沒什麼動力辦音樂會,我又不搞音樂,音樂從來都不懂我,正因為黃老師才有這次「花園音樂會」的誕生,得以為許多人寫下美麗的回憶。

1110 星期日 晴
一場遊戲一場夢

送走最後一批客人後,即開始撤場,花了好幾天完成的場地佈置,半天就回到花園原來平淡的樣貌,完全感受不出昨日它人潮洶湧的盛況。

音樂會是一時的,為了節省開支,所有場佈的舞台、桌椅都是利用現有的東西拼湊起來,只有旗幟和活動帆布不得不製作外,一切儘量就地取材。

首先,舞台的呈現很重要,是聽眾聚焦的地方,考量這次上台的都是團體,不能再像四年前用小貨車當舞台了,於是,我將園區的塑膠棧板全部集合起來,疊成兩層,將其全部紮紮實實綁在一起後,長寬高分別為 390/110/40(公分),再用一大塊舊窗簾蓋住塑膠棧板後,買一塊紅色地毯鋪在上面,就成了美麗的小舞台,舞台後方拉上大大的「花園音樂會」帆布,就煞有其事了;音樂會的場地在咖啡區,那區已經有幾張既有的桌椅,於是我在

廣場左右兩側用空心磚當腳，木板當椅面，交錯排出十幾張長椅，讓聽眾都能看到舞台上的表演者，繼而傾巢而出花園所有大大小小、各式各樣的椅子，少說能坐下 100 人；而餐食區在咖啡區的對面，因為木板已不夠，於是這邊就用 C 型鋼作為椅面，一樣是空心磚當腳，排列則為不規則，予人活潑的感覺，整場座位用了 100 塊左右的空心磚。至於餐檯，都是之前朋友送的長條會議桌，再舖上也是朋友送的白色長桌巾，就很有田園風，剛好符合我們在戶外的下午茶。

在場地佈置上，著實費了一番構思，撤場倒是三兩下即消失迨盡，將絢爛歸於平靜，昨日彷彿一場遊戲一場夢般。

1111 星期一 晴
花園盛會

　　生活在高潮迭起中，結束音樂盛會，緊接著下一場才是我花園真正的盛會，虎頭蘭將要綻放，得開始為花作嫁，噴灑、施肥、拉拔花站好，為將要進入冬天的美麗而繼續忙碌。

　　送走最後一位同學，我帶上阿山隨即回台中善後退租的房子。晚上傳了訊息問桂姐的傷勢如何？沒想到手部燙傷事小，反而 X 光照出髕骨破裂事大，讓我愧疚感油然而生，桂姐對我的好不亞於親姐，我的商品她總是捧場，經常買來送人，這次音樂會，我鼓吹大家購買音樂會票，就她特別說要贊助食材，她知道食材我要自掏腰包，知道我一個人要養這麼大的花園森林不容易，讓我少花點錢，她總說，能幫我就這麼點，但我真心覺得，夠了，謝謝桂姐，我永遠的拉拉隊。

1112 星期二 晴
歷劫歸來

感覺台中的家像歷劫歸來一樣,每一處都顯得髒亂不堪,牆上盡是髒污,地上則是厚厚一層灰,滿地毛髮,說會好好愛惜我的房子,並且每個月會請人來打掃一次,但眼前所見完全不是那麼一回事,看不出來像每個月清掃的樣子,屋裡充斥的謊言跟地上的煙蒂一樣多,而許多原本好好的傢俱都壞了,他們說,東西用久本來就會壞,是,我承認,只是我用了十幾年的雙層垃圾桶,怎麼到他們手裡才5個月就壞了,只剩下殘骸,還有吊衣桿也斷了、桌腳也跛了、連樓梯石板都破了……掃了兩天,打火機撿了十來個,難怪愈掃火愈大。

1113 星期三 晴
罰單

昨天在屋裡關了一天清潔,都沒外出,一早外出,見車輛雨刷夾了兩張被檢舉的罰單,住了20年,第一次停在自家門口被檢舉,理由是後車斗下有紅線,我家門口耶!週日送同學去高鐵的時候,去程撞到一隻小鳥(它飛到快速道路上,不偏不倚就對撞了),果然是不好的預兆,回程不小心闖紅燈(我其實速度很慢,剛好一通電話來,恍神就過了紅燈)當場被攔下開了一張紅單,四天來三張罰單,令人崩潰。

不過,家門口的檢舉紅單倒是讓我萌生賣房的念頭,或許說再見的時候真的到了。

十一月

1114 星期四 晴
大洗之日

　　昨晚回到山上，今天一早即開始善後音樂會留下的一堆鍋碗瓢盆以及跟山一樣高的寢俱，從日出洗到日落，堪稱是「大洗之日」。

　　我那還躺在冰箱納涼的梅子凍，今天多虧賴老師要去上老人家的音樂課，託她給帶去請阿公阿嬤們，了卻了我心心念念的梅子凍。其實除了梅子凍，還有一樣東西也還在冰箱納涼—「親愛的，我很辣哦！」一罐我手作辣椒醬，還特地貼上標籤，就這樣吧！繼續納涼。

　　晚上得空看了音樂會 500 多張的照片，看到不盡完善的一面，我頓了頓，時間問我：「要倒退重來嗎？」要嗎？就像人生如果可以重來，我要從哪一段重來？以前總想從大學那段重來，考個好大學，求個好工作，覓個好人家……現在想來，一樣，不管從哪段重來，不論倒退幾次，我後面的人生都一樣會不盡完善，所以，「就這樣吧！不用重來。」我回答時間。

　　下午有客人來參觀，遠遠聽見：「她祖先留這麼大片給她哦！」以前會辯駁是我自己拼來的，經過歲月的沉澱後，覺得若不是祖先的蔽陰，我怎麼有能力買下這塊地，進而造一片林呢？說是祖先留給我的也都不為過。

山居生活—心靈旅程 4

1116 星期六 早雨午晴
久旱逢甘霖

　　昨夜裡一場不小的雨，澆灌了連日因乾旱而缺水的植物，每每久旱逢甘霖連我都有一種舒暢的感覺，在睡眠中的我不自覺深吸一口氣，是跟植物生活久了，自然而然心理機制同步了。

　　我的山居生活，很重要的一件事是，每天都要記錄天氣，目的是為了記錄雨量，大家都知道水、空氣、陽光是植物不可欠缺三要素，而其中最重要的是—水，同樣的，水在山居生活中佔了很大的篇幅，很多次寫到水都是刻骨銘心的記錄，我的生存遊戲也因為水而更顯精彩。

　　今天不約而同收到兩位友人傳來「塔莎杜朵，一個人的田園生活」的訊息給我，因為臉書今天有社團分享她的故事。當年這部記錄片 (2017 年) 只在台北上映，一上映我便搭高鐵特地去看 (寫在第一本書『阿蓮娜的心靈花園』)，當日往返。那時，我還沒造林，只是對年老的田園生活很憧憬，也才 7 年，我跳過一個人的田園生活，直接來到一個人的森林生活，不管是田園生活還是森林生活，我想大自然的生活是令人自在的。

1117 星期日 晴
時空膠囊

　　五年前，我開業的前一個月，那時小史還不是我的工作夥伴，他帶一群朋友來玩，當時他們有一個計畫，就是埋「時空膠囊」，原打算一年後就要來開啟，沒想到一晃眼就五年了。時間，讓大家有點忘了所埋的正確位置；時間讓時空膠囊浸水，紙都糊了，

還散發出臭豆腐的氣味,是臭?還是香?如同時空膠囊裡的心願,發酵了,大夥認眞拼湊著5年前的記憶,現場沒有太大的騷動,我感覺不出實現與未實現在每個人心中的發酵程度是臭還是香,至少大家對於5年後能爲同一件事相聚於此,才是眞正由衷發笑吧!

其中有一位女生,從進來,我就覺得面熟,臨走前我問她:「這之間你有再來過?」她搖搖頭,我說:「很眼熟,好像見過妳。」她回:「五年前妳也說了同樣的話。」這倒有意思了,同一個人,同一句話,同一地點,5年前,只能用累世的記憶來解釋了。

1118 星期一 晴
粉刷

一早帶著阿山回台中繼續粉刷牆上的髒污,沒想到這一刷用掉5加崙的水泥漆,幾乎全面覆蓋了,除了天花板。把它打理得乾乾淨淨後,讓人看了歡喜。

1119 星期二 晴
我是總監

雖然只有5分鐘影片,卻是小史用了好幾天,從500多張照片和全程兩小時的影片中篩選節取,再利用他的小平板剪輯而成,了不起的大工程。

看了好幾次,還是很感動,我自己的意想不到,連簡譜都看不懂的我,繼四年前又辦了一場音樂會,四年前因爲有學音樂的姪子當總監,我並不擔心,這次,我是總監,包辦音樂會所有大

大小小的事,小至茶點,大至舞台,過程中,合唱團指揮要我轉達音響公司,「當天臨時加入小提琴伴奏」,我看著訊息好久好久,回傳:「我不太懂要請音響公司準備什麼耶?」(好想哭哦!)指揮說:「你只要說還有小提琴伴奏,這樣他們就知道如何處理了。」我將這句話原封不動搬給音響人員,果然,他們懂,太神奇了!我完全不懂他們的懂。

1120 星期三 涼爽
謝謝捧場

客人來電預約週五到訪,問除了賞花,還有什麼?我回,喝咖啡。掛斷電話後,不一會兒又來電,問可以用中餐嗎?此時我正在準備 10 人份午餐,好像他聞到香味似的。我說,可以呀!客人說:上次去,你怎麼沒介紹可以用餐?我說,我也不是很會煮,就大家不嫌棄,吃個飽還行,要多好吃也是有限啦!客人笑說:「那你可不可以煮好吃一點?」哈哈,好問題,我當然想煮好吃一點呀!但我再怎麼把阿基師的食譜練了又練,煮出來也不會跟阿基師一樣好吃,客人說:「就這麼說定了。」真是好客人,上回一位客人來電問用餐的事,我同樣的回覆,客人猶豫了一下,說:「先不要好了。」這才是明智的決定,咯咯。

我煮的好不好吃,不是我說了數,要客人說了才算數,今天午餐,大家都說「好吃、好吃」,有位小姐說,她不愛吃過貓,但嚐了我料理的過貓,覺得真好吃;還有我拿手的金瓜米粉,每一條米粉都要均勻裹到金瓜泥才稱得上是「金瓜米粉」,有些常來用餐的客人,甚至會說:「隨便用用就好,不麻煩。」我說嘛~我的手藝只能「隨便用用」了,謝謝捧場唷。

下午，山嵐翩然而至，將原本晴朗的天空給覆蓋，我在廚房忙了好一會兒，抬頭見白茫茫一片，於是放下手邊忙活，倒了杯啤酒到小院子坐，享受片刻寧靜，此時是山居最美的景象，眼前一盆珍珠柏有點雜亂，好幾次坐在它跟前就是不知該從何下手，突然靈感來了，咔咔咔順手修了兩盆植栽，天氣美麗，連靈感都不請自來了。

1121 星期四 涼爽
藍柏

　　花商訂了藍柏葉材，正是藍柏的季節，捲曲的葉子尖端乍看透露著些白，很適合做聖誕花圈，往常我會將剪下的葉材載至工作室前整理，今天舒適的氣候讓我想坐在藍柏區工作，藍柏很漂亮，我經常要跟客人炫耀它的美麗，從 2 呎的高度看著它長大至今應該有 5 米了，每種樹所散發的氣息不一樣，藍柏穩重，自我意識很強，當所有的樹在強風下搖擺時，它不太為所動，名符其實「玉樹臨風」，能坐在藍柏樹下我感到榮幸，沒想到一坐就是一天。

　　所有的葉材，就藍柏最好不整理，枝條的枯葉特別多，必須逐一將枯葉去除，耗費的時間很長，一天下來也就 25 把，剪了這麼多年的葉材第一次剪到自己的手指，血馬上噴出來，剪錠鋏果然利，不枉費我總是推薦它好剪又便宜，抬頭見天色已白茫茫一片，不久前還是晴空萬里，起身揮揮身上的枯葉，紅紅的大拇指比著讚，說進屋了，別再坐(作)下去。

1122 星期五 / 小雪 涼爽
欣賞作品

夜深了，原想明天再發文，但剛看完整場音樂會的影片後特別有感覺，就隨手抒發了。

一直到今天我們終於把音樂會的檔案大致底定，兩小時的音樂會除了前置作業外，後續小史必須針對當天所錄的影片做最後的整理再輸出，我們當天其實有另外收音，但聽眾太熱情，反而歌唱的聲音被壓下去，於是小史又採用原錄影檔中的聲音，再濾掉一些雜音，今天才將檔案上傳 YT。

我終於等到了這支影片，音樂會當天我無暇當聽眾，但我一直很期待看整場音樂會，每天都在問小史進度，晚上一收到小史傳來的連結，迫不及待觀賞，就寢前，好整以暇躺在床上，將燈光調暗，就像我一個人的音樂廳，靜靜聆聽，不用跑來跑去，招呼客人，終於知道為什麼有人會聽到落淚了，我看到令人感動的一面，也聽到淑汝姐感性的為每一首歌曲導讀；樸韻合唱團豐盈的歌聲充滿愛，令人心神愉悅，小提琴手充滿魅力，很搶眼；最後在熱鬧的歌聲中散場，太精彩了。

有別於正規的音樂會，我像在欣賞一件作品一樣，細細品味四年來我的成績單，四年前的音樂會純粹是一場獻給大地的音樂會，那時我初來乍到，沒認識什麼客人，來的都是舊識，全部人員加起來不過就 100 人左右，舞台與下午茶在同一區，場面溫馨（寫在第二本書『阿蓮娜的蛻變花園』），經過了四年，累積了客人、新朋友，自己覺得了不起，在完全沒有任何資源的情況下，集合眾人的力量，辦出一場充滿愛與歡樂的音樂會，看完後的心得是「我怎麼能夠辦到！」套一句 4 年前也來聽音樂會的同學說的我怎麼越搞越大場。

小史將影片處理的真好，有興趣的朋友可以上花舞山嵐的 Youtube 收看。

1123 星期六 涼爽
森林不語

今天換坐在絲柏區剪葉材，涼爽的氣候，坐在樹下工作的感覺滿好的。

晚上，一位在地朋友說，我都不知道，我得罪了多少村內的人。我還真不知道，一直以為自己深居簡出，不與村內人往來，自然沒是非，沒想到，我的「自以為」又判斷錯誤，關於「得罪村人」我沒太大的感覺，有是非才有茶餘飯後的八卦，包括放出這句話的人，居心何在？我無心判斷「村人」的是非對錯，再壞的人也就剩 7 年要面對，再好的美景也只剩 7 年可飽覽，我的存在不為村人，為這片森林，森林不語，我自然噤聲，噓。

1124 星期日 晴
開車

好久沒放假了，下午放自己半天假去朴子聽賴老師的演唱，接著再去布袋魚港走走，我其實不愛放假，又或者說不愛出門，不出門的放假好像還行，更甚者說，不愛開車，不是為了工作而開車出門的放假總令我猶豫，寧可沒事待在家，也不想為了玩樂而開車出去，我的白馬王子再怎麼帥，也要我自己駕御，我真不愛開車，白馬王子因為夠帥，至少讓我還有那麼一點點……動力。

今天的「舞台」是一間老房子,很有歷史的古厝,早期是一間日式診所,現在是一間特色咖啡館,但保留了當時的原貌,這場則是為了紀念曾經懸壺濟世的醫師所辦的音樂會。

　　音樂會結束前我先離開,去了布袋魚港走走,看看魚貨,說真的,逛魚市場比音樂會更令我有放假的感覺,唉唷～我真沒音樂慧根呀!見笑了。

1125 星期一 晴
蠶食鯨吞

　　送葉材到台中拍賣市場,拍賣員走向我,問虎頭蘭出來了嗎?我回:「還沒,難道虎頭蘭已經有人出了嗎?」拍賣員說是,已經少量上市了,我想拍賣員是在給我情報。我家的虎頭蘭一年慢過一年,至今,還零零星星,說穿了,還是溫度,可以理解「巴黎氣候協議」為了那 1.5 度斤斤計較很多年了,我感受很深,別說冰川要不見了,北極熊要滅絕了,12 年前我還可以在 10 月收花,眼看都要 12 月了,我的花還沒動靜,氣候暖化像蠶食鯨吞慢慢吃掉我的花。

1126 星期二 晴
作醮

　　不知道要怎麼定義我是哪裡人,我出生在台北,八歲搬到台中,在豐原住了二十幾年,而後走入家庭搬到台中市,進入人生下半場便移居至嘉義,有時會說現在是嘉義人,多半我會說自己是台中人,精準一點就會說是豐原人,但自從媽媽不在後,很久沒回豐原了,這週是豐原 20 年一次的作醮慶典,有幸遇到第二次豐原作醮,同時也是豐原慈濟宮建廟 300 年,人不親土親,

趁送葉材回台中，晚上去了一趟豐原逛逛盛會，家家戶戶張燈結彩，好不熱鬧，才感觸，小時候的熱鬧才是熱鬧，大人的熱鬧是忙碌；花商問我，特地送葉材回來划算嗎？我覺得很划算呀！現在能請得動我出門的只剩「工作」了，工作之便我能回來老地方逛逛，滿好的。

早上小史夥同阿山將台中家一樓吧檯給拆了，剛好山上大哥人到彰化，情商他繞道來將已大卸八塊的吧檯給運回山上，預備山上即將完工的新房間可以使用，我以為我應該不會再搬家了，沒想到我的「我以為」再度失算，看著滿滿一車的傢俱，想想我顛沛流離的人生如果沒有這些人幫忙怎麼辦？謝謝有您們。

東西清空後真的要賣房了，我跟這間房子談戀愛太久了，沉靜環顧四周，每一步都是為了走到這一步心甘情願跟房子道別。故事館是我在這間房子最後的心願，明知不可為而為，就為了了卻難以自拔的痴；出租後的破壞讓我重新整理，那種感覺很像在整理我自己，該怎麼面對下一步？房子下一步該怎麼處理？這是遲早的事，不是嗎？沒有跨出一步，不會有下一步，朋友說，看著我「不斷越過生命高峰，不間斷的攀爬，境界一直往上，很讚嘆，很羨慕。」如果我一直在原地，怎麼越過山峰，怎麼攀爬岩壁？哪怕跌跌撞撞都是一步呀！

因為想賣房，所以最近同時物色將來退休要住的房子，不知道是不是今年一直唸著「退休」兩個字，年初，覺得還有 8 年，最近我開始覺得只剩下 7 年，感覺時間會在我還來不及反應就來到 2031 年，那時我將返回都市定居，時間總是不經意，而我能作的就是規畫好未來，不急不徐，並且享受當下的山居生活，才不枉此行。

1127 星期三 涼爽
推薦序

今年想超前部署「2024 山居生活」的編排，正構思書本的呈現，出了 5 本書，仍沒有「推薦序」，「2023 山居生活」當時請胡民祥博士寫序，但寫得太精彩，最後改為跋。

想想，有誰比山居生活書中人物更適合寫推薦序？那是最真真實實的推薦，將來老了，當我回顧「山居生活」時，看到書中人為我寫序，都可以想像我一定看著這些人的名字不自覺嘴角上揚，或許「推薦序」一直空白，就是為了等待「山居生活人物推薦序」的誕生，接下來的 7 本我都要這麼作，每年找書中 10 個人寫推薦序，不僅我寫書中人，也讓書中人寫我，更符合山居生活的樸實。

1128 星期四 有點冷
我的菜市場

一早起床有點冷，得穿上厚外套，終於有冬天的感覺了，今天仍舊坐在藍柏下工作一天，整理了 40 把，進步了。小舞(狗)一直坐在旁邊看我工作，冷冷的天，坐在小板凳上，隨著一綑一綑的葉材堆高在我眼前，像極了在賣菜，在我自得其樂的菜市場，整座花園都是我的菜市場。

十二月

　　以母之名命名新屋，大嫂在母親的名諱旁畫上蓮花朵朵開，好像我與母親有了連結似的，畫面霎是美麗，期待很快能住進「春玉閣」，那將會一個美麗又溫暖的家啊！

十二月

1201 星期日 涼爽
驚嚇破表

12月了，每過一個月就覺得時間好快，去年12月我出了300箱花，今年至今，一箱未出，完全感覺不出花要開的跡象。

昨半夜接近12點，突然聽見花家大門被打開的聲音，隨後看到手電筒從窗外劃過，接著是「咚咚咚」急促上樓的聲音，我完全想不出來這個時間有誰會衝上來，從來，從來沒有人會直接上二樓找我（除了幾個月前，一夜，賴老師因為沒帶手機，直接衝上來拿東西給我，當時也嚇了一跳），當下第一個反應，我門有瑣嗎？若有人衝進來，要打110還119？我緊握著手機，隨即是敲門的聲音，我從床上跳起來，打開床頭燈，外頭是一個男人的聲音，雖然傳聞我在這個村子得罪不少人（？），但昨晚露友很多，不至於吧？！門外的男人在說話，我聽不清楚，又不敢開門，我請他再說一次……原來是露友，嫌其他露友入夜說話大聲，請我勸導一下。齁～就不能自己說嗎？（好，我知道不能）我看了手機，11：40他打了兩通電話。傍晚他問我晚上會不會吵時，我就說了，若覺得有人喧嘩，10點後就可以跟糾察隊我投書嘛！何必等到12點呢？我因為設定11點過後就「勿擾模式」以至漏接了電話，造成自己驚嚇指數破表。

因為被驚醒，好久不能入眠，躺在床上想著，每天辛勤工作，非花即樹，面朝黃土背朝天，不好容易拼到下班，但面對有客人的夜晚，只怕還得繼續加班。

十二月

1202 星期一 晴
搖錢樹

　　這週，花商訂了 42 把藍柏，50 束櫻花枝，而我看車子還有空位，又剪了 22 把絲柏，全部賣了好價錢，名符其實的「搖錢樹」，接著我去園藝店看樹苗，用賣葉材的錢再買些樹苗回來；用樹的枝葉換取樹苗，繼續創造樹的價值，從剪到賣再到買，整個過程，我總是很得意。

　　其實剪葉材還滿費時間的，尤其是景觀樹，我總是要顧慮樹的整體美，以致在修剪上都要瞻前顧後，有時會在樹面前罰站很久，思考它的長勢，或來回踱步、或轉圈圈，一直到確定可以動手通常在半小時左右。

　　繼台中拍賣市場後，今天換台北花市來電詢問虎頭蘭有貨了嗎？我趁勢也問其他花家呢？原來，大輪虎頭蘭至今都還沒上市，只有小輪虎頭蘭上市。而截至目前為止，我因為花的產量不多，都是先作為禮盒，寄送給在音樂會贊助我的朋友以滋感謝。

1203 星期二 晴
祕境

　　預約明年 2/14 露營區包場的客人，今早特地來場勘，主辦人像旋風一樣快速轉一圈拍些照，反倒是同行的友人直讚美這裡是他見過數一數二優質的營區，植物多樣化，有些是他這把歲數都未曾見過的，根本就是祕境，我自己也覺得樹愈大這裡愈美麗。

1204 星期三 晴
螃蟹

　　這兩天水塔進水異常的小，研判應該是水管堵住了？於是一早帶著阿山來到水源處，先將蓄水桶水管與馬達接口處水管切斷，馬達接口處倒是乾淨，問題竟是出在蓄水桶出水水管裡，除了幾片枯葉外，竟逮到一隻螃蟹，它應該就是罪魁禍首了，想必它頑強的用螯抵住水管壁，避免被強力的抽水馬達給沖到一百米外的大水桶裡，也不知它困在水管裡多久了？今日假我之手終於得以見天日，如果它知道報恩的話，最好帶一群紅蟳來給我。

　　清了水管，只好連水塔及水源處一起清理，讓阿山鑽進水塔裡將淤泥清除，我則是清水源處，最後是像野孩子一樣，弄得渾身髒兮兮回家。

1205 星期四 晴
冬天的色彩

　　最近愛上在不同的角落裡整理葉材，用不同的角度看待花園風景，今天換坐在花圃裡整理短葉雪松，因為短葉雪松就在花圃旁，剪下來就地整理，方便有效率，短葉雪松也是聖誕花圈愛用的素材之一，蓬鬆、柔軟，葉尖端像雪花飄點白，花商說，往年價格好，今年因為有進口的諾貝松，雪松被打得有點慘價，其實價格好壞我都好，我也不是產量多大的農戶，就賣個貼補油錢，對得起樹也就心安；話說回來，諾貝松(冷杉)是我個人覺得滿美的樹，在國外見過整片的冷杉林，太美了，可惜我這裡的海拔不夠高，種不起來，曾經種了50棵，現在還再睡覺，它可能這輩子都不會醒來就掛了，不夠冷無法打破它的休眠，喚不醒它。

坐在花圃前，時而走在花田裡看著含苞待放的虎頭蘭，時而欣賞樹姿，身心同時感受到花與樹所帶給我的寧靜，看著滿地整理下來繽紛的枯葉，這個季節的葉材特別美麗，冷，襯托出顏色的層次感。

1207 星期六 晴
森林美髮師

正蹬著梯子站在藍柏邊修剪，不經意看到在下層油杉區的露友們正望著我，我問，怎麼了？小伙子們回答，欣賞我修樹。這個回答我喜歡。什麼時候我已經是花園裡的一幅風景可以給人欣賞了？

今天修剪藍柏的心得是，我會愈來愈無法駕御藍柏，再過個兩三年，我這個森林美髮師之於它要英雄無用武之地了。去年還沒這種感覺，這個月很長時間與藍柏相處，覺得它已經突破幼年期，樹形正在變，已經不再是年輕小伙子，很快它要呈現瀟灑的壯年期，展現它成熟的姿態，就像小孩長大，容貌也不一樣了，而我期望它成為英姿煥發的大樹。

1208 星期日 晴
遠離非洲

想找齣電影來看，滿足假日的儀式感，找來找去，又想起「遠離非洲」，40 年前的片了，從年輕看到暮年，每隔一段時間不由自主就想起這部電影，不知道看第三次還第四次或第五次，我遠離非洲太多次了，這次看感觸最深，又或者是一次比一次深，隨著年齡的增長，內心情感內斂卻豐厚，片長 160 分鐘，我聚精會

神,因為節奏很快,深怕漏掉隻字片語,以前沒有特別注意到配樂,這次配樂牽動了我,在大草原上還有什麼比音樂更適合詮釋那種一望無垠的理想與愛情呢?

雖然是 40 年前的片,背景是根據 1914 年的真實故事改編,110 年前的故事,但看起來並不落俗套,「愛情」與「夢想」是亙古不變的題材,而背景是大自然,自然就是美,哪怕經過歲月洗禮,至今看來還是很有現代感,女主角在非洲待 18 年,最後因為破產而離開非洲,而後就再也沒有回非洲過,這點,頗耐人尋味,為什麼不想回去看看那個曾令她奮不顧身的地方?我現在只能用臆測的「讓美好成為雋永,在心底刻畫。」或許等我真正離開這座山的時候才能夠明白吧!也才能夠明白為什麼寧願遙望非洲的方向緬懷。

1209 星期一 晴
17 坪森林

終於出了第一箱花,千呼萬喚始出來,把第一箱花給了台中花市。

回台中,去看了大樓預售屋,在市中心,生活機能頗佳,很適合退休生活的環境,坪數很小,室內大約 17 坪,與我現在四甲是天壤之別,現在我有自己的花園、森林,開門即見山,雲海就在眼前,我思考若住進大樓裡,恐怕連種植盆栽都會成為困擾,我試著說服自己,終於,有了答案,我內心永遠有一座森林,不論住在哪、空間多小,我親手打造的花園森林都會深植在我心,17 坪,夠容納花舞山嵐森林了。

1212 星期四 晴
接力

　　台中花市訂花,今天實在走不開,只好約小史在古坑休息站交貨,用接力的方式載至花市,應該要拒絕的,大老遠一趟路兩箱花的效益不大,但坳不過拍賣員再三請求,只好再剪個兩箱葉材增加點經濟效益,我跑一半路程,小史跑一半路程,加減賺也是不無小補。

　　值得一提的是,今早特地煮了 20 幾杯咖啡,順道接力回台中請花市人員品嚐,聊表我對工作人員的一點心意。

1214 星期六 晴
老朋友歷久彌新

　　年底了,許會計師再度攜家帶眷(十口)造訪,從我開業至今一期一會從未缺席,他說,孩子們想念我煮的菜了,哎唷,這可好,阿姨我得好好表現了,練習一道新料理「奶油白菜」,複習一道最近所學「蝦仁滑蛋」,蝦仁滑蛋我覺得還不到位,但一上桌就見底了,至於奶油白菜叫好不叫座,但我真心覺得,每年能看見他們一家老小是我很開心的一件事,三個小孩日益長大,兩位媽媽老當益壯,夫婦倆始終溫文有禮,哪怕我已不在位,對我依然如昔,十幾年的老朋友歷久彌新。

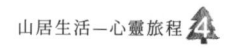

1216 星期一 晴
分手價

台中房子有人出價了，是市場行情的分手價，情執認為切割我們必須要更優於市場價格才值得我放手。

從陌生的路導航回台中家，路線之一是太平區的某條路，我有點害怕進入太平區，恢單七年了，太平對我就像禁區一樣，不敢進入，尤其我被逐出門的那棟房子，至今我仍然沒有勇氣經過，每每開車回台中，看到快速道路上標示「太平」兩個字，就像我的緊箍咒一樣，緊緊揪住我的心，人生所有的愛，所有的痛，都是獨一無二，面對過去只有重生自己，才能得到釋放，而我的重生還不夠徹底吧。

每棟房子也都是獨一無二，在還沒有開出漂亮的數字之前，我要繼續與我的房子談戀愛。

1217 星期二 晴
春玉閣

最近三天兩頭就有雲海湧現，很快地我將搬到景觀台新居所，將美景盡收眼底，一飽山景日夜晨昏景緻，被樹木花卉環繞，讓醒來變成一種享受，讓待在屋裡也如同沐浴在森林裡，也不枉費我住在山中。

眼見我的景觀屋已經有了雛形，應該不出兩個月就可以搬家了吧，我早已為新屋想好了名字，以我母親之名命名，我準備了一塊木扁，有請大嫂揮毫，大嫂在母親的名諱旁畫上蓮花朵朵開，好像我與母親有了連結似的，並在底下寫上母親的日文名字

（はる，親朋好友都這麼叫她），有一種親切的感覺，畫面霎是美麗，今天將其從台中帶回山上，屆時將高掛在白色外牆，期待很快能住進「春玉閣」，那將會一個美麗又溫暖的家啊！

1218 星期三 晴
副班代

　　今天要介紹的山居訪客是我的高中同學，高一的我們倆，分別為班代與副班代，同為英打校隊，清潔工作又同為倒垃圾（班代與副班代的福利），掃地時間是校園裡最熱鬧的時刻，像菜市場一樣，可以大聲喧嘩、走動，而我們兩個人總是一人提著一邊垃圾桶，穿越許多班級的走廊，到垃圾集散場，行進中總有許多男生會對她吹口哨，叫她的名字，讓我挺吃味的，甚至沒好氣的表示不想和她一起倒垃圾了，哼！現在想來真是好笑，完全幼稚園等級。倒完垃圾我們會去英打教室練習英打，到晚上六七點才一起回家，有時候會共用一個便當，因為省錢，週末也會一起去逛大街，17 歲的我們偶爾吵架，鬧彆扭或冷戰，很多時間我們綁在一起，一起急著長大，時間應允了我們，轉瞬來到 50 幾歲，難得相聚，彼此有了很多的故事，在我開車行駛中敘說。

　　今天我做最對的一件事情就是，逛完故宮南院後帶她去高雄林園看木地板，當場決定買回家，260 片，店家要我自己挑選，自己搬上車（怎麼別人當老闆好輕鬆），還好有副班代當捆工，幫我一起疊貨、數數量，好像回到高中時代一起做一件事，合作無間，晚餐後她續留高雄，我則飛車回山上，夜已深，但見月亮又圓又亮，這個 12 月好像經常晚歸，見月亮胖了又瘦，瘦了又胖。

1222 星期日 晴
喝喜酒

已經好幾年沒喝喜酒了，等到的是表妹的訂婚宴，也只有在喜宴的場合才會遇到久未謀面的親朋好友，真要把「歲月催人老」搬出來了，但見長輩都兩鬢斑白，攬鏡自己不也滿臉皺紋，歲月果然是一把屠刀，在我們的臉上毫不留情刻劃痕跡。

阿姨80大壽，又逢冬至，我們兄弟姐妹提前一天(昨天)到姨家熱鬧，又是煮湯圓又是吃蛋糕，又去逛夜市，中午喜宴，這個週末熱量爆表，今天阿姨迎來一個女婿，應該是上天給她最好的生日禮物。

1223 星期一 午雨
終於冷了

又是好幾天沒下雨，終於老老實實下一場雨，也跟著變冷，終於冷了，這場雨後勢必會讓花甦醒，今天台北、台中花市不約而同要訂花，問題是花還再睡覺呀！

天冷就想吃甜食，最近愛上杏仁奶，沖一杯熱熱的飲品，坐看山景，獨享一片山海(雲海)，靜看雲霧繚繞，幻化萬千，美不勝收，心中浮現一句名言「淡泊明志，寧靜致遠」，我的志向是將這裡成林，感覺我只要繼續待在這裡，就可以實現了，這句名言根本是為我量身打造，所以志向不要跑太遠(遠大)，最好就在自己家(像我現在)，比較好實現，呵，是這樣嗎？

十二月

1225 星期三 晴
感冒

昨天送花到台中花市，下午陪同學買房子，到了晚上，終於將前兩天受風寒所累積的感冒症狀一併爆發，全身無力、肌肉酸痛、咽喉腫脹，一躺下幾乎昏睡了，但仍記得昏睡中，不斷告訴自己趕快回山上休息比較舒服，外面汽車吵死了，加上車停門口我睡的不踏實，在昏沉中，一直到早上8點才悠悠轉醒，全身仍然疲憊，沒有盥洗，換個衣服直接跳上車便駛回山上。

1226 星期四 晴
鋪天蓋地

生活在忙碌中與時間追逐，造林區有一塊扁柏與黑松區不知從何時已被小花蔓澤蘭鋪天蓋地，心裡一直記掛著，但時間總是讓我分身乏術，今日找來小史，三人同心齊利斷金。

小花蔓澤蘭攀緣上樹冠，將整片黑松與扁柏完美覆蓋，成功鳩佔雀巢，順利攔截陽光，多數黑松因此而窒息枯亡，而扁柏雖然狀況也不太好，相對多數是存活的；黑松在這裡原本長勢就不好，它先走一步，我倒也不太難過，台灣扁柏因為是原生種，長勢算優，一開始就漂亮，這次重傷，反倒讓我懊惱，不免嘀咕阿山，經常在造林區工作，第一時間看到不處理，也不跟姐姐說，待我發現也不知已攀緣幾個月了，早已錯過最佳「救援黃金時間」，又要補植一批，請問：姐姐要種到什麼時候樹才會長大？

有一棵柳樹就在造林區的邊界，在十年前是一枝，隨手探下阡插，沒想到應驗了「無心插柳柳成蔭」這句話。

1228 星期六 雲霧繚繞
造反

　　中午煮了咖哩煙仔魚，工人掀起鍋蓋又蓋上，不一會兒小貓聞香來了，我拿了一塊給它，我期望它唏哩呼嚕吃起來，它嗅了嗅，別過頭，又回頭再嗅一次，然後看了魚好幾秒，只差沒顯露出要吐的表情，就跳開了；晚餐，工人趁我不注意將整鍋煙仔魚倒進垃圾桶。現在是怎樣，統統造反了，是有多難吃！姐姐要甩鏟封爐灶了。

　　小嵐很挑嘴，只要煮的不合它胃口，就閃了；阿山也沒好養到哪，不合口味，晚餐時間就是倒掉，這點我後來看得很開（以前會生氣），一道菜煮好的那一刻，我的付出成本就形成了，放進肚子跟放進垃圾桶對我而言是一樣的。

....

　　露友租借三頂帳蓬，也不會搭，我剛好有事外出，便叫阿山來搭，他也搭過兩次了，應該沒問題，兩小時後回來一看，三頂都搭得歪七扭八，沒有一頂標準，其中一帳連內帳都沒撐起來，支撐桿像魚杆似的釣住消風氣球般的內帳，，眼前景象慘不忍睹，一群人沒人知道用錯支撐桿了，我趕緊換過。問客人最右邊那頂外帳扁蹋要重搭嗎？他們一致覺得不用，可以進出就好了，美觀不重要。

　　一群越南露友，來開生日趴，帳蓬才搭好，音樂也跟著大聲放響，很 high，又是卡拉 OK，又是燒烤，煙燻四起，我有心理準備，晚上要被叫去當風紀股長。果不其然，整晚的。

十二月

1229 星期日 晴
卡拉 OK

　　一早，越南露友突然又唱起卡拉 OK，其它露友跟我反應，眞受夠他們了，我對他們沒意見，倒是卡拉 OK 這件事，或許我該明文列爲禁止行爲，在這麼空曠的地方用麥克風唱歌有點將自己的快樂建築在別人的痛苦上。

　　最後大家陸續離場都已經 12 點了，越南露友的車拋錨，找來拖車，那拖車司機應該是新手，倒車前嚕後嚕老半天，竟將我的水管給撞斷了，一聲道歉也沒有，還臭著一張臉，我也不想追究了，破財消災，趕快送走這一群人比什麼都重要，我好來休息一下，連續幾天的感冒一直沒好，這兩天咳到完全沒聲，昨晚管秩序氣勢都弱了。

1231 星期二 晴
告別 2024

　　難得今年元旦沒有連假，所以沒有客人，加上沒有花可以打理，因此今年的最後一天特別清閒，連著幾年都是連假，又是客人又是花，總算今天可以從容告別 2024。

　　謝謝今年走進我山居生活以及閱讀的每一位支持者，因爲您們，更豐富了我的生活 (命)，告別 2024 忙碌的一年，展望 2025 有令人驚豔的氣象，也請繼續給予我支持與鼓勵，謝謝。

2024 花園大記事

2012/2/20 承接花園

2013/03 簽約訂下「花舞山嵐」基地

2013/12 土地完成過戶

2014/04 第一次申請水土保持

2015/05 歷經一年申請，數次退件，終於得以施作水保工程

2015/07 花園開始遷徙，歷時十個月

2015/08 完成第一階段整地，歷時 101 天

2015/09 搬進新園區，第一年在新園區理花

2015/12 工作室建蓋完成

2016/04 舊園區退租，全數撤離

2016/05 整地驗收完成

2016/08 第二次申請水土保持

2017/11 完成第二階段水保工程，同月獨立接手花園

2018/02　園區路面舖設

2019/03　實踐造林大願

2019/08　用半年整理園區至對外開放

2020/07　首辦戶外音樂會

2020/10　阿管處以優良店家之名給予步道建設

2021/01　園區水管被斷，同月開挖水源並申請水權

2021/07　尋回三分地，同年11月鏟除檳榔林

2022/02　滿十年

2022/04　為鄰居栽種一片櫻花林

2023/10　設立花舞山嵐故事館

2024/05　結束花舞山嵐故事館

2024/11　為「台南市愛樂視障合唱團」辦募款音樂會

國家圖書館出版品預行編目資料

花舞山嵐農莊：山居生活. 4, 心靈旅程2024 / 陳似蓮著. --
初版. -- 臺北市：博客思出版事業網, 2025.04
面； 公分. --（現代散文；25）
ISBN 978-626-7607-11-4(平裝)

863.55　114002237

現代散文25

花舞山嵐農莊 山居生活4 心靈旅程2024

編　　　者：陳似蓮
主　　　編：楊容容
編　　　輯：陳似蓮
美　　　編：史益宣
校　　　對：楊容容　古佳雯
封面設計：史益宣
出　　　版：博客思出版事業網
地　　　址：臺北市中正區重慶南路1段121號8樓之14
電　　　話：(02) 2331-1675 或 (02) 2331-1691
傳　　　真：(02) 2382-6225
E - MAIL：books5w@gmail.com 或 books5w@yahoo.com.tw
網路書店：http://5w.com.tw/
　　　　　https://shopee.tw/books5w
　　　　　博客來網路書店、博客思網路書店
　　　　　三民書局、金石堂書店
經　　　銷：聯合發行股份有限公司
電　　　話：(02) 2917-8022　　　傳真：(02) 2915-7212
劃撥戶名：蘭臺出版社　　　　　帳號：18995335
香港代理：香港聯合零售有限公司
電　　　話：(852) 2150-2100　　　傳真：(852) 2356-0735
出版日期：2025年4月 初版
定　　　價：新臺幣280元整（平裝）
ISBN：978-626-7607-11-4